메히아

시작시인선 0108 메히아

1판 1쇄 펴낸날 2009년 3월 10일
개정판 1쇄 펴낸날 2023년 3월 31일
지은이 김재홍
펴낸이 이재무
기획위원 김춘식, 유성호, 이형권, 임지연, 홍용희
책임편집 박예솔
편집디자인 민성돈, 김지웅, 정영아
펴낸곳 (주)천년의시작
등록번호 제301-2012-033호
등록일자 2006년 1월 10일
주소 (03132) 서울시 종로구 삼일대로32길 36 운현신화타워 502호
전화 02-723-8668
팩스 02-723-8630
블로그 blog.naver.com/poemsijak
이메일 poemsijak@hanmail.net

ISBN 978-89-6021-080-6 03810

값 11,000원

메히아

김재홍

천년의 시작

시인의 말

　저 광막한 우주의 한 점의 점, 지구.

　그러나 이 넓디넓은 지구의 광대무변 속을 잠깐 살면서 나는 오랫동안 야구와 축구와 권투를 보았다. 싸움의 규칙을 만들어 지키면서 처절한 생존의 전투를 매일같이 벌이는 스포츠를 통해 나는 다시 지구의 한없이 초라한 크기를 보았다.

　공룡이 공룡을 먹고 공룡을 낳았다. 하지만 그건 너무 짧고 작았다는 명백한 사실은 이미 해석된 진실이라는 것을 믿기 싫었다. 그러니 해석과 전파 욕망의 체계인 미디어에 빌붙어 살면서도 늘 불안하고 궁했다.

　부디 손쉽게 초월하지 않고, 시시각각 벌어지는 숱한 싸움의 정수리를 때리고 싶다.

차 례

시인의 말

제1부

영웅의 죽음

테드 윌리엄스라는 마지막 4할 타자가 죽자
미국의 야구팬 3억 명이 일시에 부동자세로
그 장대한 기골의 80 노인이 생전에 일군
무수한 기록을 되뇌었다

타율 홈런 출루율 장타율
그의 기록은 베이브 루스나 조 디마지오에 버금가는
화려한 숫자들로 가득했다

경기장마다 선수들과 수만 관중은
기립 자세로 묵념을 올렸고
백스크린에 비친 타격 장면을 응시하며
영웅의 마지막을 추모했다

그의 이름은 명예의 전당에 헌액되었고
펜웨이 파크* 인근에 사는 한 노인은
레드삭스의 빨간 양말을 헌사했다

그의 기록은 영원히 지워지지 않도록
청동거울에 새겨 보존되고 있으며

언젠가 새로운 테드 윌리엄스가 나와도
쉽게 깨지지 않는다는 것을 의심하는 사람은 없다

* 펜웨이 파크: 테드 윌리엄스가 뛰었던 보스턴 레드삭스의 홈구장.

메히아*

중남미의 어느 공화국 시민인 그는
동란과 쿠데타를 딛고 선 아시아의 작은
공화정부의 취업 비자를 받아
뜨끈뜨끈한 잠실 야구장 타석에 섰다
(왜 중남미 선수들은 교범에도 없는 말타기 자세를 하는
지 몰라)

메시아가 어디 사는지도 모르면서
검게 붉게 얽은 얼굴을 하고 그는 처음에
야구공과 방망이를 손난로처럼 품고
한겨울 국제공항 청사를 두리번거리며 어슬렁거리며 나
왔을 것이다
(머리통이 얼마나 작으면 헬멧 속에 모자를 또 썼을까)

그는 당당하게 2루타를 쳤다
베이스를 밟고 선 두 다리가 덜덜 떨렸다
수천 개 눈동자가 일순간 그의 몸을 향해
함성을 지르고 파도처럼 술렁거리며 비명을 지르고
거대한 솥단지가 되어 펄펄 끓다가
더 작은 체구의 다음 타자가 안타를 칠 수 있을지 의심한다

(관중석에 앉으면 왜 선수들은 모두 야구공처럼 보일까)

비쩍 마른 붉은 눈의 게바라를 읽고 싶었다
국경을 뛰어넘는 공화국의 깃발을 보고 싶었지만
그는 너무 작았고 액정 화면에 잡힌 그의 헬멧에는
국적 불명의 독수리 이니셜만 코를 벌름거리며 박혀 있었다

  멕시코와 푸에르토리코와 쿠바 출신의 운수 좋은 메이저
리거들도
  타석에 서면 구부정하게 허리 굽히고
  꼭 말 타는 자세로 방망이를 든다

* 메히아: 국내 프로야구 팀 '한화 이글스'의 외국인 선수(2003년).

알 마틴*

연봉으로 실력을 평가받는 메이저리그는
시즌이 끝나면 짐을 싸는 선수가 많다
가까운 다른 팀으로 옮기기도 하고
대륙을 횡단해 낯선 리그로 가기도 하고
아예 마이너리그로 전락하는 경우도 있다
이미 짐을 세 번이나 쌌던 알 마틴은
피츠버그에서 시작해 샌디에이고와 시애틀을 거쳐
탬파베이 데블 레이스에서 뛰었지만
메이저리거 11년간 단 한 번도 오프 시즌을
속 편하게 보내진 못했을 것이다
물론 그가 데니스 애커슬리나 폴 몰리터처럼
명예의 전당 입성 자격을 얻은 그 해에 곧장
홀 오브 페임의 일원이 되겠다고 생각한 건 아니겠지만
한때 그는 잘나가는 파워 피처들에게도
도깨비 같은 존재였다
통산 타율 2할 7푼을 겨우 넘겼어도
결정적인 한 방으로 경기 판도를 바꿨다
그러던 그가 태평양 건너 한국까지 왔다
남들이 수천만 달러짜리 다년 계약을 할 때
알량한 마이너리거나 벤치 멤버보다

아시아 정상에 서고 싶었을지 모른다
우승 트로피 들고 샴페인 뿌리며
상쾌하게 그라운드를 내달리고 싶었을지 모른다
지금쯤 그는 경기장 근처 호텔 커피숍에서
게임을 떠올리며 느긋하게 차를 마시고 있을 것이다
금산 홍삼 한 상자 안동 간고등어 한 손
어쩌면 한국식 선물을 사 들고 귀향하는 기분으로
혹은 다시 메이저리거가 된 기분으로

● 알 마틴Al Martin: 미국 프로야구 메이저리그 선수였으나, 2004년
국내 프로야구 LG 트윈스에서 뛰었다.

이스링하우젠*

초현대식 아파트가 아니다
최고급 펜션 모델하우스도 아니다
웰빙족의 초호화 냉장고도 아니다

그는 카디널스의 마무리 투수
세인트루이스 시민인 그는
잘 닦인 성스러운 가로를 달려
홈구장 부시 스타디움으로 간다

나는 그가 좋다
이스링도 좋고 하우젠도 좋다
어딘가 이국의 냄새가 난다
카디널스와 세인트루이스는 또 얼마나 성스러운가

뉴욕 메츠와 오클랜드를 거쳐
메이저리그 경력 십 년을 넘긴 고참이지만
경기가 있을 때면 언제나
시끌벅적한 관중석 아래 불펜에서
호출 명령이 떨어질 때까지 기다린다

>
그러나, 호출 명령은 팀이 이기고 있다는 뜻
공치는 날보다 낫다

아, 햇볕이 좋다
나는 지금 잘 닦인 이 길을 달려
부시 스타디움으로 가는 꿈을 꾼다

* 이스링하우젠(Jason Isringhausen): 미국 프로야구 세인트루이스 카디널
스의 마무리 투수.

도미네이트

도미네이트란 말이 있다
5만 관중이 꼼짝도 못 하고
몇 시간씩 흰 야구공만 쳐다보게 만드는
콧잔등에 땀이 솟는 그런 경기를
투수가 완벽하게 던져 이기면
그때 mlb.com 제일 큰 창에 뜬다

시속 150km가 넘는 빠른 공이 능사가 아니다
해일처럼 떨어지는 변화구도 아니다
도미네이트하는 투수에겐 생각이 없다
안타도 모르고 홈런도 잊고 마음은
아예 경기장 밖 대로에 나가 망중한을 즐긴다

독수리처럼 두 눈 부릅뜨고 한참을 노려보는 것
마운드에 서면 꼭 작은 손지갑 같은 거기에
모든 투수의 운명이 달려 있다
오로지 공 하나를 거기에 정확히
주먹 하나 크기의 빈틈도 없이 꽂았을 때
도미네이트의 길이 열린다

>
앤디 페티트*는 오늘 게임을 완벽하게 이겼다
5만 관중의 기립 박수를 받으며
모자 한번 벗어 흔들고
덕아웃으로 나오는 그의 입술이 떨렸다

영원한 우승 후보 양키스에는
자기가 방금 무슨 일을 하고 나오는 건지도 모르는 듯
어깨를 축 늘어뜨리고 터벅터벅
경기장을 빠져나오는 투수들이 많다

* 앤디 페티트Andy Pettitte: 미국 프로야구 팀 뉴욕 양키스의 선발 투수.

맨하탄은 아는지 몰라

삼천리호 자전거 타고 횡단보도를 건너는 사람

삐딱하게 양키스 모자 눌러 쓰고

앞만 보고 달리는 저 사람

데릭 지터*는 아는지 몰라

타석에 서면 구부정한 팔십대 노인 같은

너무 커서 허리를 굽혀야 하는 혼혈 양키

깊은 밤 쉬지 않고 페달 밟는 저 사람

양키스가 메이저리그 베이스볼 상징인 걸 아는지 몰라

젖혀 쓴 모자, NY 이니셜 선명한 캡

어둠 속 바큇살은 때문은 영사기처럼 돌아가고

비스듬히 떨어질 듯 삽 한 자루

간신히 매달고 가는 저 사람

맨하탄은 아는지 몰라

허드슨강을 떠도는 마천루 불빛처럼

안장 위에서 허겁지겁 엉덩이 흔드는 사람

흙 묻은 바지 걷어붙이고 삐딱하게

양키스 모자 눌러 쓴 저 사람

불빛 한 점 보이지 않는 그믐밤 가로질러

어디로 가는지 몰라

* 데릭 지터Derek Jeter: 미국 메이저리그 야구팀 뉴욕 양키스의 유격수.

가을 잔치

우리에게 잔치는
해마다 찾아오는 전설과 같아서
AP통신이나 CNN은 단골손님 양키스와
미네소타와 오클랜드의 우승 확률을 점치고
90년 넘게 월드 챔피언 꿈만 꾸는
시카고 컵스 홈구장 담쟁이넝쿨이
리글리 필드의 상징이라 떠든다

우리에게 잔치는
해마다 찾아오는 전설과 같아서
보스턴 레드삭스 그린 몬스터*가
언제쯤 밤비노의 저주**를 풀지 궁금해하고
남의 나라 야구장의 특징과
타자와 투수의 이름을 외고
타율과 승률의 방정식을 푼다

우리에게 잔치는
해마다 찾아오는 전설과 같아서
목이 마르도록 응원가를 부르고
신명 나면 거리로 나가 샴페인을 터뜨리고

하나가 되어 월드 챔피언이 되어
몇 시간씩 흥에 겨워 놀다가
한밤까지 어깨 걸고 대로를 뛰어다닌다

* 미국 프로야구 보스턴 레드삭스의 홈구장 펜웨이 파크 좌측 담장은
거리가 짧은 대신 높이가 타 구장에 비해 월등해 '그린 몬스터'로 불
린다.

** 원래 레드삭스 소속이었던 베이브 루스의 애칭으로, 그가 뉴욕 양
키스로 이적한 뒤 보스턴은 2004년까지 86년 동안 한 번도 월드시
리즈에서 우승한 적이 없어 이를 '밤비노의 저주'라 부른다.

아침의 일

나는 매일 아침
보스턴 레드삭스와 뉴욕의 양키들이 무슨 일을 벌였는지
확인한다
라미레즈나 지암비의 타율과 홈런 기록
페드로 마르티네스와 로저 클레멘스의 동정도 살핀다
마찬가지로 출근길을 막고 선 시장통 배달차에 욕을 퍼붓고
횡단보도 위에 떡하니 버티고 선 노파에게
사정없이 경적을 눌러 댄다
나성이라 부르던 도시의 야구팀은 다저스고
금문교가 길게 띠를 두른 샌프란시스코는 자이언츠다
지난 해 월드시리즈는 에인절스가 이겼고
그 전은 다이아몬드백스 더 전은 양키스였다
내가 매일 아침 꼼꼼히 점검하는 사이트와
일일이 기록하는 수치들은 모두 싱싱한 실시간 정보다
그러니까 밀워키나 미네소타는
가령 구량리나 율동리보다 낯설지 않고
하드디스크에 저장된 뉴스는 국제적이다
업자와의 미팅을 앞두고
차를 몰고 가끔 신호도 무시하지만
내가 매일 아침 모니터를 보며 확인하는 일이

얼마나 지구적인지 자랑스러운지

남들은 잘 모를 것이다

나는 날마다 야구 경기를 모니터한다

모니터 위에는 새벽마다 올라오는 데이터
어젯밤에는 휴스턴과 필라델피아가 이겼다
미네소타와 디트로이트는 연패를 벗어났다

가끔씩 에러도 나지만
mlb.com은 날마다 30개 팀이 벌인
열다섯 경기의 세세한 기록을 실시간으로 전송한다

몬트리올은 선발투수가 3이닝도 못 버텼고
보스턴은 끝내기 홈런을 맞았다
배그웰의 솔로와 토미의 투런홈런 사이에
고개를 푹 떨군 글래빈과 오티스의 사진

새벽이 되면 지구 반대편에선 경기가 끝난다
본즈는 홈런을 두 개나 쳤고
푸홀스의 타율은 조금 올라갔고
할러데이와 가니에의 방어율은 내려갔다

담뱃불이 꺼진다
다음 게임이 벌어지기 전까지

모니터를 끄고 기다리는 시간은 너무 길다

낡은 아파트 단지 빈 골목으로
오징어 트럭이 들어와 고래고래 소리친다
경기는 계속되어야 한다

셀타비고[*]

강적 레알 마드리드에 참패한
셀타비고의 홈 관중은 휴지를 날리고
신문지를 찢어 던지고 안전망을 뒤흔들고
웃통을 벗어 돌리며 소리소리 질렀다

웅성거리는 소리
삐걱거리며 비틀거리는 소리
함성 소리 호각 소리 비명 소리
경기장을 가득 채운 소리 없는 소리

셀타비고와 마드리드가 맞붙은
경기는 위성 전파를 타고 왔다
4만 관중이 내뿜은 입김으로
화면은 밀가루를 뿌려 놓은 것 같았다

세계 최고의 프로축구 리그를 가진 스페인에
선거를 앞두고 테러가 벌어졌다
거리에는 분노한 군중이 시위를 벌이고 있었다

겁먹은 마드리드 선수들은 고개를 숙인 채

꼬리를 바짝 말아 넣은 개처럼
재빨리 경기장을 빠져나갔다

텔레비전으로 위성중계 되는 축구장은
언제나 부옇게 먼지를 날린다

* 셀타비고(Celta de Vigo): 1923년 창단된 스페인 '프리메라리가' 소속
  프로축구 팀.

포돌스키

미니 월드컵이라는 유로 2008 B조 예선 1차전
폴란드 태생 독일인 포돌스키는 조국의 골네트를 향해
전반 19분과 후반 27분 각각 골을 쏘았다
통렬한 발리슛과 통한의 결승골 사이에서
경기장을 찾은 수많은 독일 팬들은 '폴스카'를 외치며 환호
했으나
한편에선 "독일은 폴란드인을 빌려 쓰고 있다"며 야유를 퍼
부었다고 한다
오스트리아 클라겐푸르트 뵈르테제 슈타디온에서 쏘아올린
외신은 한결같이 '골은 있었지만 세리머니는 없었다'고 했다
탯줄을 폴란드 남부 글리비체에 묻었고
아직 많은 가족과 친척들은 고국에 살고 있으므로
그들 모두 가슴 한쪽에 뜨겁게 자리 잡고 있으므로
23살 포돌스키는 웃을 수 없었다고 했다
폴란드는 1933년부터 75년 동안 단 한 번도 독일을 꺾지
못했고
독일은 2차 대전 당시 무력 침공을 포함해
16번의 국가대표팀 간 경기에서 한 번도 진 적이 없다
냉전시대나 데탕트 이후 오늘까지 폴란드는 독일에 뒤처
진 나라

국가 경제와 국민 생활 어느 하나도 이길 게 없는 나라
　포돌스키와 그의 아버지는 1987년 공산 정권의 폭압을
피해 독일로 향했다고 한다
　19살부터 전차 군단의 주 공격수가 된 이래 승승장구
　축구 하나로 분데스리가를 지배하고 있는 포돌스키
　경기 전 독일 국가가 울려 퍼질 때 그는
　독일 선수 사이에서 한 번도 입을 떼지 않고 묵묵히
　그저 앞만 바라보며 서 있었다고 한다
　폴란드는 2002년 부산에서 황선홍 유상철의 골로
　월드컵 본선 역사상 우리에게 첫 승을 안겨 주었던 나라
　그때 우리는 유럽 장신 군단을 물리친 역사적 쾌거로
　온 나라가 시뻘건 물결이 되어 환호와 찬사를 보냈었다

그로기*

경기가 안 풀리던 마이크 타이슨이
홀리필드의 귀를 물어뜯어 버리자
핵 주먹이 졸지에 핵 이빨로 바뀌었다

링 바깥의 호사가들은 연일
권투의 기본을 무시한 야수 같은 짓이라고
주먹이 안 되니 더러운 이빨을 썼다고
추잡한 짐승이라고 떠들어 댔다

상대의 관자놀이나 아래턱을 겨냥해
오른팔을 재빨리 쭉 뻗어 보았자
텅 빈 허공만 글러브에 와 닿고
허리 숙여 왼팔로 적의 아랫배를 후려치는 순간
상대의 카운터 펀치가 명치 끝을 때리면
마룻바닥에 털썩 고꾸라져 숨은 콱 막히고
정신 나간 곰처럼 꼼짝도 할 수 없다
복싱은 주먹 하나 믿고 하는 게 아니다

폭행 혐의로 감방엘 다녀오고
성추행을 저지르다 마침내 빈털터리가 된 타이슨이

빚꾸러기를 면키 위해 간절히 돈을 찾았다

격투기 K-1 무대에 오른다는 소리가 들리더니
헤비급 논타이틀매치에서 대니 윌리엄스를 만나
4라운드에 그만 KO로 쭉 뻗어 버렸다

* 그로기: 독주(grog)를 마신 사람처럼 비틀거리는 선수를 '그로기
  groggy 상태'에 빠졌다고 한다.

제2부

핫 숲!

밤마다 어슬렁거리며 거리를 떠도는
노숙자들의 어머니 글로리아 김은
운전대에 코를 박고 시동을 건다
서울간호학교를 마치고 미군 군속이 되어
이국 땅 LA에서 40년을 버텼고
시장이 주는 위대한시민상도 받았지만
육십을 넘긴 그녀의 등뼈는 구부러지기 시작했다
십 년쯤 굴리자 토요타 픽업도 쿨럭거린다
청과 시장 후원자로부터 바나나와 양배추를 받고
수산 시장에서 말린 청어와 훈제 연어를 싣자
트럭은 벌써 반쯤 기울어진다
노숙자들의 세 끼니를 책임지기엔
LA는 너무 큰 도시인지 몰라
새벽 3시부터 밤늦도록
거대 도시의 뒷골목을 달리기엔
우린 너무 늙어 버렸는지 몰라
핫 숲! 핫 숲!
꿀꿀이죽 같지만 뜨거울 때 먹어야 한다
골목이나 육교 아래
사람의 발길 닿지 않는 곳에는

컴컴하고 매캐하고 날카로운 얼굴들
한 드럼의 핫 슙을 싣고 토요타와 글로리아는
삐걱거리며 덜컹거리며 달린다
천사의 도시 나성羅城에 에벤에셀은 없고
그녀의 어머니가 떠난 것처럼
뒷골목 어디선가 그녀도 떠날 것이다

와족의 봄

책을 보고 있는 저 아이
고개를 푹 숙이고 머리카락을 늘어뜨린 채
어디서 본 듯한 저 아이

중국 운남성 와족 아이들은
무르팍이 튀어나온 헐렁한 내복을 입고
헐거 시대를 막 빠져나온 초가집에 앉아
꿈쩍도 않고 책을 읽는다

해발 이천 미터의 산山마을
대창에 찔려 죽은 쇠뿔을 동구에 세우고
터번처럼 검은 머리띠를 맨 사내들이
구리 팔뚝 들고 나무를 하는 곳

배갈 들이켜며 물소를 잡는 장정들
얼굴이 벌겋게 달아올라 뜨겁게
한 여인을 품에 안는 라무구*의 밤

우쌰 우쓔 우쌰 우쓔
깊은 밤 아이들은 대창을 들고

어딘가를 향해 세차게 달려가는 꿈을 꾼다

인구 40만의 와족 자치구 산비탈에는
쪼그려 앉아 콧물을 흘리던 아이들
방바닥을 굴러다니다 버럭 소리를 지르기도 한다

• 라무구: 풍년을 기원하는 중국 와족의 가장 큰 축제.

세렝게티의 치타

낮게 깔린 새벽 안개를 뚫고
세렝게티 대초원에 해가 솟구치면
시속 90킬로미터로 달려 나가는 놈을 볼 수 있다

두 귀는 머리 위에 붙여 팽팽하게 잡아당긴 채
꼬리는 수평으로 뻗어 키를 잡게 하고
사냥감을 향해 필사적으로 뛰어가는 놈의
억센 앞발 아래에는 언제나
톰슨가젤이나 누의 새끼들이
고개를 땅에 처박고 숨을 헐떡이고 있다

세상에 막 태어나 이슬 맺힌 풀 맛을 몇 번 보았을까
주둥이 끝은 물기에 젖어 반짝이고
짧고 연노란 잔털이 듬성듬성 뽑혀 나간 채
왕방울 같은 큰 눈을 가끔씩 깜빡이고 있다

숙련된 치타는 이런 놈의 목덜미를 한 번에 꺾어 버리려고
아래턱에 온 신경을 끌어모아
매일 아침 대못 같은 이빨을 갈고 또 간다

>
지구상에서 가장 빠른 네발 동물 치타는
먹잇감을 쫓아 평생을 새벽이슬 털며 달리다가
단 한 순간 고꾸라져 아무도 없이
이빨도 없이 그저 혼자 떠난다

카자흐스탄의 검독수리

알타이의 새벽은
놈의 눈빛에서 깨어난다
팽팽하게 당겨진 바람의 줄기를 타고
언 하늘을 활강하는 순간
지상의 어떤 숨결도 함부로 드러나지 않는다

대초원의 제왕이지만
한 번도 잡풀 사이에 앉은 적 없다
길이 육십 센티미터의 날개는
오로지 눈빛이 겨냥한 곳을 향해 펼쳐질 뿐
능선을 타고 오르는 발톱 끝에는
사냥감의 핏기만 걸릴 뿐

한번 땅을 박차고 오르면
어떤 가늘고 미세한 동작도
놈의 시야를 벗어나지 못한다

거무튀튀한 암갈색 날개 끝에서
쇳소리 울리는 발톱 끝에서
먹잇감의 동작이 완전히 멈출 때까지

마지막 숨통을 끊어 놓을 때까지
검독수리는 눈을 거두지 않는다

카자흐스탄의 제왕은
새벽마다 얼어붙은 능선을 타고 올라
모래바람 속에서 바람이 되어
지상의 모든 움직임이 멎을 때까지
단 한 번도 눈빛을 거두지 않는다

안토노프 225[*]

그가 돌아왔다
티탄 신들의 재림과도 같이
6개의 제트 엔진과 275톤의 몸무게를 하고
아랫배에는 인디아나 존스 박사도 한꺼번에 삶을 만큼 우렁찬
서른여섯 개의 바퀴가 고속으로 내달렸다

키예프 호스토멜 비행장을 이륙한 그는
30분 동안 창공을 일곱 번이나 선회한 뒤
육중한 착지음을 내며 활주로에 안착했다

그는 처음에
소비에트 연방의 과학적 공산주의를 싣고
우주를 향해 지구를 통째로 실어 날으는 꿈을 꾸었다

달나라에 가서 토끼를 내쫓고
가만 있던 계수나무마저 뽑아 버린 암스트롱 이후
그는 NASA에 대응할 수 있는 유일한 우라노스가 되어
우주왕복선 싣고 대기권을 박차고 나가는
지상에서 가장 신성한 임무를 맡았다

>
그러나 그는 페레스트로이카와 옐친 이후
단 한 번도 비행하지 못했다

배 속에 보잉 747 수송기를 넣고도
사뿐히 떠오를 수 있었지만
여섯 개의 제트엔진에 불을 붙일 수 없었다

미제 항법 장치와 세련된 디자인으로 다시 태어난 그가
13년 만에 시험비행을 성공적으로 마치자
제다이가 정말 귀환이라도 한 것처럼 서방 언론들은
일제히 우주를 향해 위성 전파를 쏘아 댔다

• 안토노프Antonov 225: 우크라이나 국영 항공사 안토노프가 제작한
  세계 최대의 항공기.

에버랜드 나무늘보

늘보는
세상 어떤 놈보다도 늘보는
느려 터진 놈이어서 말인데요
하루 종일 나무 위에서 낮잠을 자거나
아니면 겨우겨우 나뭇잎 몇을 따 먹는 정도랍니다

늘보에게 세상은
화살처럼 빠르게 지나가는 관람객들 혹은
아이스크림 코너 앞의 아수라장으로 보이겠지만
그것마저도 알 수 없는 어두컴컴한 저 먼
딴 세상의 일이겠지요

그래서 늘보란 놈은
언제나 게슴츠레한 눈으로 자다 말다 흐릿한 눈으로
그렇게 나무 아래 사람들을 아득히 내려 보는 모양입니다

나뭇잎은 뜨거운 등을 돌리고
햇살은 또 질기게 내리쬐는 오후였습니다
삐죽삐죽 땀을 닦으며 사파리 매표소를 지나다가
죽은 듯이 가지에 매달려 있던 늘보 놈이

숨을 몰아쉬면서 나뭇잎 하나 움켜쥐는 걸 보았습니다

하루 종일 매달려 낮잠이나 자고
세상이 어떻게 돌아가는지도 모르면서
느리게 느리게 살다 가는
늘보란 놈이 지금 나뭇잎을 갉아 먹고 있습니다

여의도역 1

코스콤 계약직 노동자들이 128일 넘도록
파업 투쟁을 하는 동안 눈은 네 번 내렸고
겨울비도 세 번 내렸다

경찰은 매일같이 버스로 길을 막고 전경으로 사람을 막
았다

알리안츠 제일생명 노동자들은 사주의 부도덕과
폭압을 심층 취재 보도해 달라고 아침부터
피-세일을 하고 있다

자전거 천국 상주에서 인기 가수의 공연을 보러
한꺼번에 몰려든 학생들과 노인들 십수 명이 압사한 뒤
아직도 저렇게 길바닥에 연좌해 소리치고 있다는 것은
공연사와의 보상 문제에 불만을 품은 것?

비슷한 얼굴 비슷한 걸음 비슷한 시간에
들어갔다 비슷한 시간에 몰려나오는
비슷하게 무심한 사람들 사이로
전경들이 다녀가고 피-가 굴러다니고

면담을 요구하는 확성기 소리와 발자국 소리가
매일매일 섞이는 곳

여의도역 2

도로에서 가운을 입고 콩콩거리며
콜록거리며 무슨 명함을 나눠 주는 아가씨들 옆에서
두툼한 손을 바삐 놀려 홍보지를 주는 여자들
사이로 피트니스 클럽과 여대생 휴게텔 전단지가 굴러다닌다

한겨울에도 봄 여름 가을에도 길거리에 선 사람들
군데군데 모여 담배를 피우는 사내들 두리번거리며
쨍! 얼음 깨지는 소리로 오토바이를 몰고 가는
배달원은 얼마나 좋을까

차를 마셔도 길을 걸어도 맥주를 마셔도
먹어도 먹어도 남는 시간, 우 사장은 바삐 어디로 가나

5번 출구를 빠져나온 이 국장과
지난해 딸을 치운 배 사장과 진작에 그만둔
정 부장은 친구라던데, 서로들 어디로 가나

마셔도 마셔도 남는 시간
소주는 미디어야
부들부들 야들야들 흔들리는 방송이야

>

너의 절정이 눈앞에서 '곤드레만드레'로 펼쳐질 때
나는 길바닥의 젖은 낙엽처럼 끈적끈적하게 살아왔어

Billy Jean, Beat It, Dangerous

Billy Jean, 골방에 처박혀
속 뒤집는 피 토하는 소리
팍팍 윽윽 햐햐
Beat It, Just Beat It

형은 지금 이혼을 앞두고
술에서 술로 잠에서 잠으로
다시 술로 잠으로
Beat It, Just Beat It

그의 생을 위하여
골동품 영화를 위하여
내 불두덩에도 불을 켜 줘!

마초 맨*은
때리고 때리고 때리고
가차 없이 부숴라 부숴라 부숴라
나의 형

그의 잠을 깨우는

보잘것없는 십 년 묵은 스피커
몸통에는 격자무늬 선명한 술 냄새
그의 영화에는 이런 유쾌한 슬픔만 남았다

Dangerous,
그의 영화가 위험하다
그의 세계가 위험하다

Billy Jean, Beat It, Dangerous
팍팍 읔읔 햐햐
I never knew
팍팍 읔읔 햐햐
Throw away his time

* 마이클 잭슨의 노래 〈Beat It〉에 나오는 마초 맨macho man은 남성적
인 사람, 힘센 사람을 뜻함.

56

날아라 사오정

순식간에 한 발짝 튀어 오르니
졸지에 25층 아파트가 성냥갑으로 변하고
육십 미터 고공 크레인은 젓가락 공작工作처럼 보인다
잠깐 사이 30만 톤 유조선도 느려 터진 누에가 된다
바다는 어디로 가고 먹빛 갑옷만 남았나

고도 8천 미터에 올라타면
귓구멍은 맘대로 열리고 닫히고
세상은 티끌만큼 가벼워지고
시큰둥하고 무덤덤하기만 하다

그러다 대왕고래나 매머드의 유령 같은
거대한 구름 다발을 뚫고 지나가면
무심코 흘려 본 포장마차 주인 얼굴이며
엄마 등에 업힌 채 콧물을 훔치던 아이며
얼굴도 모르는 할머니며 삼촌이며
돌아가신 아버지가 보이기도 한다

발치께 구름 사이사이
목소리는 들리지 않고

덜컹거리며 키득거리며 지나다 보면
먹통 전화기처럼 가물거리는 짐승의 형상을
어느 순간 잊어버린 사람의 얼굴을 볼 수 있다

아, 강줄기는 소리도 없이
시커먼 맨땅에 구불구불한 난초를 그리고
저수지는 쭈글쭈글한 비닐봉지가 되어
부연 들판 위에 구겨져 있다

처용암에서

사람들이 떠나고 초병이 사라진 마을엔
석유 공단 불빛도 타오르지 않는다

보름 되기 전에도 달은 부서져
물 너울을 타고 물결이 되어
부서진 조각들 빈 마을을 향하고
뱃머리가 묶인 발동선은 원을 그리며
떠나야 할 거리를 재고 있다

그 집에선 아직 토장국 냄새가 난다
갈치 뼈 곰삭은 석박지를 놓고 아침을 먹던
곰보삼촌의 살냄새가 난다

삼촌을 버린 여자와
삼촌이 버린 세상의 끝에서
처마는 돌담에 기대어 주인을 추억하고
바다는 지치지도 않고 밤새
마을이 끝난 곳에서 주름져 있다

겨울 세죽은 봉분이 내려앉은 무덤처럼
바다를 향해 어금니를 꽉 깨물고 있다

평상平床

일흔을 넘겨 다들 호상이라고 말하던
절름발이 외할아버지가 돌아가실 무렵
재건중학교 다니다 말고 목수가 된
막냇삼촌이 만들었다

침鍼쟁이 욕심보 할아버지가
가끔 강원도 고향 언저리 떠올리시라고
조용히 대문 앞에 놓여 있었다

햇살 잠시 어른거리다 떠나고
장맛비가 와서 철벅거리며 뛰어놀다 가고
나도 쿵쾅거리며 친구들과 씨름하곤 했다

동네 아이나 중늙은이에게나 항시 깍듯한
이제 아흔을 바라보는 외할머니가
저녁마다 앉아 산나물을 다듬는다

그게 벌써 20년 넘어
닳고 닳은 다리는 절반으로 줄었다

그 사람은 지금쯤

그 사람은 지금쯤
비탈진 좁은 골목길 내려와
뜸부기 우는 논둑길 가고 있을 거야
〈오빠 생각〉이나 〈해당화〉 나직이 부르며
김해평야 가로질러 걷고 있을 거야

그 사람은 지금쯤
산어귀 보송보송한 길을 가고 있을 거야
옆에는 닉 버그*도 있을 거야
상처는 잊어버리고 아픔도 갖다 버리고
서로 어깨 토닥이며 걷고 있을 거야

그 사람 앞에는
폭격에 죽은 이라크 아이들
부서진 건물 다리 잃은 할머니들
서로 손목 잡고 절뚝이며
산언덕 오르고 있을 거야

대공포 맞고 떨어진 미군 조종사도 있을 거야
아니면 남의 땅 시가지 로켓포에 죽은

스무 살 까까머리 해병 대원도 있을 거야

지친 날개 파닥이며 앞서가는
산새도 외롭진 않을 거야

그 사람은 지금쯤
고개 너머 양지바른 솔숲으로
조용히 걸어가고 있을 거야

• 니콜라스 버그Nicholas Berg는 1978년 미국 펜실베이니아주 웨스트
체스터 출신의 통신 기술자로 알 자르카위가 지휘하는 이라크 무장
단체에 의해 2004년 5월 11일 참수당했다.

미이라 디지털

이집트인들은 죽은 자의 골수를 코로 빼냈다지
쓸데없는 기억장치는 뽑아 버리고
간이나 허파 따위 탄산소다로 반죽해 싸 두고
오로지 심장만은 건드리지 않았다지

동작을 멈춘 펌프가 세상을 되돌릴 수 있다고?

그러나 파라오의 일생은 수천 년 동안
쪼그라들고 작아져 심장은 사라지고
시커멓게 마른 채 아무런 맛도 없이
그저 디지털 코드로 방송되는 거야

나도 가끔 나의 골수가 빠져나가는 걸 생각해
물려줄 것이라곤 몸밖에 없으므로
탁 트인 내 들창코로 모든 비참한 기억들이
시원하게 사라지는 걸 보고 싶어

골수가 없어진 새까만 몸으로
코를 벌름거리며 비틀어진 입으로
차가운 흙더미의 흔적을 증언하고 싶어

다시 살아가는 것

사람을
스무 명도 넘는 사람을
죽였다고 해서 나는 치를 떤다
(살인마에게도 올여름은 참 질기게 더웠을 거야)

독립을 요구하는 체첸의 전사들이
몸에 폭탄을 주렁주렁 매달고
어린 학생들이 개학식 하던 날 학교를 점거했고
거기서 500명이 넘는 아이들과 부모를 죽였다
(전사들과 함께 태어난 죽은 자를 위하여 묵념을……)

그 전에 미국 뉴욕의 세계무역센터는
여객기가 통째로 폭탄이 되어
콘크리트 덩어리와 함께 수천 명의 사람을 아주 무너뜨렸다

혼다 히사시의 「증언」에 이런 말이 보인다
  "한 사람의 갓난아기를 희생시켜
   한 사람의 병사를 죽인다
   폭탄은 우유병에 설치했을까
   아니면 기저귀 속이었을까

>
나는 알지 못 한다, 라고 말해서는 안 된다
나는 알고 싶지 않다, 라고 눈을 피해선 안 된다
라고 나는, 나를 타이른다

병사 한 명의 배후에 숨겨져 있는 것
갓난아기 한 명의 배후에 숨겨져 있는 것
숨겨져 있는 게 분명히 있다
라고, 나는 나에게 다짐을 한다"

"Help me, Help me"
한여름 이라크에서 그가 위성 전파를 타고
살려 달라고, 당신들의 목숨만큼 내 생명도 소중하다고
외치던 그날
나는 소주를 마시고 부시의 만행과 한반도의 불안한 미
래를 위하여
그의 예정된 죽음을 보지 않기 위하여
나의 미래와 식구들의 가난을 위하여 소리쳤다
(닉, 마이클, 압둘라, 자르카위, 선일을 위하여 건배⋯⋯)

안치환의 노래에 이런 말도 있다

"사랑하려네, 내 주위의 모든 것들을
이 하늘 아래 사는 동안"

인구 15억 중국 양쯔강 아랫녘에
해가 뜨면 일하고 달 뜨면 잠자는
30만 식구 거느리고 사는 남만南蠻 이족이 있다
다행히 석유가 나오지 않고
해발 2,600미터 고지에서 민족도 국가도 없이
결혼도 없이 싸울 생각도 없이
바다 같은 호수 속에서 물안개 속에서
백 년쯤 살다 가는 사람들이 있다
(그들에게도 올여름은 참 무더웠을 거야)

제3부

절정을 향하는 재규어에 대하여

1.

우악스럽게 암말을 통째로 씹어 먹은 놈이
입 찢어지도록 늘어지게 하품을 한 뒤
순식간에 화면 밖으로 사라졌다

2.

아빠와 헤어지는 어린 딸을 보았다
강남 고속버스터미널 경부선 승차장
검은 추리닝에 파란 슬리퍼를 신고
뒤통수를 연신 탈탈 털어 대며 뻣뻣하게 손을 흔드는
그의 입에서 막 식도를 타고 내려가는 마른침을
나는 보았다

3.

모두가 행복해지는 그날까지 – 로또!
조또 그렇게 웃는다고, 그래 모두가 행복해진다고?

4.

몸을 최대한 낮춰야 하는 때가 언제인지
마룻바닥과 몸이 닿을 때마다 어떻게 해야 소리를 지울

수 있는지
　　두 눈으로 확인하는 날이 온다

　　그날이 오면 모든 것은 낮아서
　　두루마리 휴지도 물 주전자도 칫솔도
　　요구르트와 비타500도 온통 맨바닥에 펼쳐진다

　　두 팔 두 다리 아랫배 가슴
　　오체투지 필사의 자세로 병실을 건너가는
　　아흔네 살 노파의 한 덩이 몸,
　　침을 질질 흘리며,
　　사바세계의 쭈글쭈글한 소망을 온몸에 새겨 놓고 있다

　　5.
　　그런 장면을 남해 보리암에서 보았다
　　수만 마리 멸치 떼가 타닥타닥 물살을 튀어 오르는 아침,
　　절정을 향해 기어오르는 맥 빠진 육신이
　　찌그러지고 널브러지다 마침내 침을 줄줄 흘리는 것!

>

6.

못된 세균을 많이 잡아먹은 호중구好中球는 터져서 고름
이 된다

7.

입이 찢어져라 하품을 한 놈을
꼭 찾을 것이라 생각하는 나를
믿으라고 강요하는 나의 찢어진 입을
아무 일 아니라는 듯 쳐다보는 내가 있다

1년 치 가방

시커먼 폴리에스테르 재질로 만든 가방
크고 작은 주머니가 13개나 달린
노트북이며 서류며 필기구 세면도구까지
곳곳에 넣고 다니기 좋은 검은 가방
노란색 형광펜 4개와 모나미 볼펜 2개
교통 카드 지갑과 국회 수첩 포켓용 골프책 1권
칫솔 면도기 치약 에프터 쉐이빙 크림과 손 크림
남해 워크숍 원주 인수인계 워크숍 광주 방송 삼척 MBC
대구 지역 방송의 날 행사를 함께한 가방
인터넷뱅킹용 OTP 카드 USB 메모리 카드 자동차 키홀더
손아귀 운동용 악력기 비상용 담배 2갑 예비 배터리와 커버
KTX 마일리지 카드 출입 카드 신용카드 체크카드 현금카드
시집 원고 2권과 잡상식 메모용 수첩 각종 연락처 목록
상반기 광고 매출 분석 데이터와 광고 공사 접촉 포인트 명단
무엇보다 매일 하루 종일 무시로 기록하는 일과표와
일과표 밖에서 생기는 일이 시시각각 꿈틀대는 메모지
꼬깃꼬깃 숨겨 놓은 쭈글쭈글한 검은 가방
광안리 광역화 설명회와 의정부 연수원 프리젠테이션 그리고
핸드폰에 저장된 997명의 사람들 가족들 친구들 동창들
사이에 전화번호로는 기억할 수 없는 무수한 얼굴들

크고 작은 주머니가 13개나 달린
시커먼 쭈글쭈글한 1년 치 가방

최 사장

노래방에서 그는
육십 년대 공무원식 와이셔츠 패션으로 흐느적거리며
〈머나먼 고향〉과 〈있을 때 잘해〉를 부르며
15년 후배와 27년 후배 사이를 오가며
퇴임 후 첫 술자리를 가졌다

술은 맥주와 양주, 섞어서 폭탄
오늘을 마지막 하루로 생각하고
끝없이 마시고 마셨다

그는 한국 방송 시장의 중핵
스티븐 호킹의 블랙홀처럼 기자도 PD도 엔지니어도 모두
그의 한국식 좁은 가슴께로 빨려 들어가고는 했다

김 부장은 뭘 부르나
최 팀장은 왜 박수만 치나
강 사장은 얼마나 마셨나

굴지의 방송사 최고위 인사였던 그는
꼼짝없이 퇴임하고 나서 한 달여를 두문불출하다

대한민국 국회의원 총선거 비례대표 10번으로 낙점을 받았다
무조건 당선된다는 '특' 안정권에 이름을 올린 것

하지만 그가 국회의사당 붉은 카펫을 당당하게 걸어 올라도
하나 아쉬운 게 있으니, 그것은 방송 센터 주조정실 수십
대 모니터와
ENG 카메라와 넌리니어 편집기와 A 스튜디오의 고성능 조
명일 것이니
〈머나먼 고향〉과 〈있을 때 잘해〉가 참으로 간절하게 들렸음
이 사실이다

신 부사장

가수 조용필을 작은 거인이라 불렀다
격렬하고 부드럽고 가늘고 우렁찬 그의 목소리는
유행이 총알처럼 빠르다는 가요계에서도
7년 연속 가수왕을 차지했으니
166cm의 키를 작은 거인이라 부를 만했다

그러나 쬐끄만 작은 거인을 무대에 세울지 말지
절대 권력을 휘두른 진짜 '작은 거인'은 따로 있었다

담배와 함께 평생 무대 위에서
중계차 속에서 손가락을 톡톡 튕기며
NG를 외치며 살아온 사람
한강에 부교를 만들어 한꺼번에 피아노 200대를
두드리고 싶어 했던 《쇼쇼쇼》《쇼 2000》의 주인공

차장 부장 국장 이사 부사장을 거쳐
서울 부산 울산 광주 대전을 거쳐
에딘버러 페스티벌과 몬테카를로 TV 페스티벌을 거쳐
구스타프 말러와 피아졸라, 글렌 굴드와 미샤 마이스키
를 거쳐

뉴욕 필의 평양을 거쳐

나이 육십을 넘긴 퇴임식장에서 그는

딸 같은 미모의 앵커 후배에게 메모지를 건넸다

"생전 처음, 사장 선임 이사회에서 인터뷰를 받았는데

 말은 해야 하는데, 입은 굳어 버리고, 할 말은 없고……

그래서……

 여기에 앉았으니, 여러분 모두 행복하시라"

정 변호사

모 지역 방송사의 근엄한 PD로
지역 문화 창달과 지역 시청자 복지를 실현할 교양 PD로
살아가기에 그는 재능이 너무 많아
예능 프로그램을 하고 싶고 개그를 만들고 싶어
쇼도 버라이어티도 드라마도 하고 싶어
아주 사표를 내고 말았다

그러나, 예능도 개그도 쇼 버라이어티 드라마도
일단 회사 문을 나서면 할 수 없는 일
그로서는 당장 몇 푼 생활비를 걱정해야 했으니
자격증이라도 하나 따야 될 것 같아 사법시험을 봤다고 했다

이를 들은 사법연수원 교수들과 동료들은
국가와 민족의 미래를 짊어져야 할 예비 법조인이
스스로를 자격증 소지자로 소개하는 데 대해 심하게 분노
했다고 한다

40대 교사가 만취 상태에서
대로 위에서 물건을 꺼내 자위를 했다고 기소됐으나,
대법원은 법철학적 비례의 원칙에 따라 합리적으로 판결

하라고

해임은 과도하니 다시 판결하라고 고법으로 돌려보냈다는

소식을 들은 그는,

장차 아이들로 태어나야 할 우리의 예비 새끼들이

차가운 아스팔트에 떨어질 때를 떠올리며

이는 분명한 인권유린이라고

대국민 사기극이라고

엄마를 찾아 헤매던 아이들을 위로했다

(만일 길바닥 가래침 위에 떨어졌다면,

정체성 혼돈이 격심했을 것이란 말을 덧붙였다)

이로써 그 자리를 함께하고 있던 우리는

그를 참다운 법률 전문가로 인정할 수 있게 되었다

언어운사言語運士

평일 메인 뉴스 앵커에다 싱싱한 얼굴에다
한때 정말 잘나가던 아나운서가
졸지에 홍보부로 옮겼대서, 그럼 그렇지
여자 아나운서 나이로 먹고 산다는데 별수 없지
라고 생각했는데, 그게 글쎄 자원한 일이며
원래 전공 분야가 광고와 홍보라고 했다
그러니, 언어운사言語運士의 홍보는 얼마나 유려할 것인가

후배들이 연이어 프리를 선언하고
예능 프로에다 CF까지 술술 풀려 나갈 무렵
갑자기 아나운서국으로 또 옮겼다고 한다
약간 나온 아랫배와 처진 엉덩이에 팔뚝까지
눈가에 자글자글 끓는 주름과 부푼 턱살까지
줄줄이 매달고 방송 센터로 옮겼다고 한다

그래 봐야 아직 방송에서 본 적은 없고
반짝거리는 탱탱한 얼굴도 아닐 것이며
샛노란 봄빛 재킷을 입고 다시 앵커가 될 것도 아니며
미코 출신 후배처럼 예능 무대를 종횡할 것도 아닌데,
한낮에 시키면 가방을 메고 여의도 길을 바삐 걸으며

선글라스 털모자에 이어폰을 꽂고 두리번거리며
어디론가 황급히 뛰어가고 있다

열린음악회를 먹자

음악과 개그는 우리의 기간산업이야
꽌시 꽌시를 부르짖으며 방부(방 부국장)는
새벽 두 시까지 술을 마셨다
CP에게 전권을 맡기겠다, 너희들에게 전권을 주겠다
지방에서 돈 대고 사람 보낸다는데
세상 물정 모르는 새끼들,
'가요 축제'는 너희들이 매조지해!
지방 PD들이 너희들보다 잘 만들면 어쩔래?
쇼를 하려면 촌놈들 깡다구든 뭐든 죽자고 해야지
제작비 보태고 AD 보내 준다는데
세상 물정 모르는 새끼들,
너희들에게 전권을 준다
온몸이 다 떨어져 나가듯 부르르 떨며
컴컴한 골목 끝에서 오줌을 싸며,
개새끼들 자결이나 해라
서울 · 지방 힘을 합쳐《열린음악회》먹어 버리자
상주 죽은 사람들 때문에 야외 녹화 안 된다고?
새끼들, 꽌시 꽌시
서울 · 지방은 하나야
내가 독립군이야, 마지막 해방이야

김 차장, 편성을 잡아야 해, 돈줄을 잡아야 해
'가요 축제'는 우리의 기간산업이야
《열린음악회》를 먹어야 해, 꽌시 꽌시
새끼들, 마지막까지 꽌시 꽌시

장문場門을 열어라

시사회?
'좋다' 그래!
맘에 안 들면 다시 하면 되는 거 아냐?
근데, 편성은 바꿀 수 있대?
NLE 독차지한 저놈부터 비키라 그래!

내레이터 어딨어?
더빙 시간은?
기술감독 빨리 찾아 와!
특수촬영실 잡아, 지금 바로 간다 그래!

'장문場門을 열어라'
이거 하나면 되는 거 아냐?
ENG 메고 삼발이 들고 1년 동안
수백 장을, 그것도 HD로 찍었잖아!

예민한 오디오맨과 느러터진 비디오맨 사이에서
CG와 자막기와 종합편집실과 부조정실 사이에서
나도 한 번쯤 편집되고 싶다
앞뒤를 바꿔 버리고 아예 인간을 뜯어고치고 싶다

\>

그날 사장은 취임 100일 기자간담회를 했단다

초일류 공영방송을 목표로 2030 프로젝트를 강력 추진
하겠다고

세계 시장의 새로운 패권자가 되겠다고 했단다

Hairtail Hardboiled

대지 17,765㎡ 연면적 60,891㎡
지하 3층 지상 10층짜리 30년 묵은 빌딩
꼭대기에는 송신탑과
위성 수신용 왕접시 안테나가 탑재된
연인원 일백만 명이 꿈틀꿈틀 유동하는 건물

구내식당에 들어서면 거대한 손
한 끼에 일천 명의 식사도 공급할 수 있는
육중하고 둔탁하고 시끌벅적한 손

소금 덩어리처럼 짜고 굳게 익어 가리니
졸여라 졸여라 그리하여 조림이 되리니
갈치와 무와 고춧가루와 대파와 애호박은
끈적끈적한 여름 저녁을 통째 익히리니
방송센터를 찾은 미모의 탤런트와 성우와 개그맨들
세계적 애널리스트와 글로벌 컨설턴트의 혀를 완전 녹
여 주리니
졸여라 졸여라 그리하여 조림이 되리니

펄펄 끓는 육수 속에서 온몸을 꼬고 비틀다 보면
오히려 살은 단단하게 익는다

후後에 대하여

1.

한 노파가 마른 분수대 곁을 지나간다
팔걸이 끊어진 유모차를 끌며
비쩍 마른 은행나무 옆을
신문지 뭉치와 자전거 바퀴 하나 싣고 간다

2.

중부내륙고속도로 캄캄하게 달려가는 고속의 시간
한 사람의 숨결이 끊어질 듯 이어지고 있다는 소식

돼지 꼬리 꽝꽝 얼어붙게 만드는 칼바람은
푸르딩딩한 궁둥이 끝에 걸려 있다

3.

강원도 홍천 대명비발디 리조트
아이 둘이 총알처럼 안전망을 뚫고 나가
하나는 죽고, 하나는 크게 다쳤다고 하는 뉴스

4.

(사)민주언론시민연합은 소외된 사람들의 목소리를 소중
하게 담아내면서, 거대화된 권력에는 용기 있게 맞섰다며

《뉴스 후》라는 프로그램을 2007년 '올해의 좋은 방송'으로
선정했다

베델*의 젊은 사진

카메라를 응시하는 큰 눈
팔걸이에 왼팔을 얹은 비스듬한 어깨
조끼와 손수건
다리를 꼬고 입을 다문
머리카락을 머리통에 바짝 붙여 빗어 넘긴 이마
광화문에는 왜 오셨나?

레나테 홍 할머니가 길쭉한 탁자 앞에 앉아
남편을 돌려 달라고 회견을 할 때
KBS SBS YTN 카메라 옆에서 나도 줄기차게 찍었어
빳빳한 신권 지폐처럼 부동자세로
모니터를 끔벅끔벅 쳐다보며, 여긴 왜 오셨나
기자들 앞에는 왜?

---

* Ernest Thomas Bethell(1872~1909).

사장은 각성하라

2008년 5월 26일, 월요일 오전 10시
한국방송영화공연예술인노동조합 시위대 수백 명이
여의도 MBC 사옥 남문 광장 앞에 도열했다

"어디에서 나타났나, 빼앗기는 우리 배역"
"회장실은 들판에서, 점심밥은 그 옆에서"

북 치고 꽹가리 치고 장구 치고
1만 2천 조합원을 대표한 수백 명의 시위대가
확성기를 들고 고래고래 소리치며 수정아파트와
공작아파트 사이를 몇 바퀴째 돌고 돌았다

탤런트는 얼굴로 성우는 목소리로 코미디언은 입으로
가수는 노래로 무술 연기자는 근육으로 모델은 다리로
차례차례 지나갈 때마다 빠끔히 얼굴을 내민 주민들과
두리번거리며 지나가던 사무원들은 멈칫거리며 동태를
살폈다

연극인 무용인 분장사 미술 담당자 특수효과맨 기술인
연출가 감독들

배용준 장동건도 아니고, 이영애 송혜교는 더더욱 아니지만
한꺼번에 왕창 빠져 버리면 《대왕세종》도 《이산》도 《일지
매》도 무엇도
아예 촬영조차 못 하도록 만드는 사람들

그러니까 영영 만들 수 없게 만들어 주는 사람들
한국노총도 아니고 민주노총도 아닌 사람들

한 번 출연하면 억대를 받는 배우와
한 곡 성공하면 수억을 버는 가수와
한 편 성공하면 수백억을 버는 영화사와
한 번 다녀가면 수억을 챙기는 외국 유명 배우 사이에서

질투와 시기와 불만과 푸념을 넘어
아주 두고두고 작정하고 시위에 나선 것이므로
이제 영영 꺼져 가는 호시절의 기억만 남은
뉴미디어 난바다에 빠져 버린 방송사 사장들은
누구에게 얼마를 줘야 하고 또 줄 수 있는지
셈을 하고 또 하면서
진지한 성찰의 시간을 보내고 있었을 것이다

거북이

터틀맨이 죽었다
100 킬로그램의 몸에 피를 돌려 주던
심장 근육이 굳어 버리자 곧장 쓰러졌다

스탠딩 오베이션을 받으며 온몸을 흔들며 껑충껑충 뛰며
비린 땀내와 뜨거운 피가 사이키 조명을 받을 때
불독 같은 굵은 저음이 통통 튀며 무대를 휘저을 때
어느 날 갑자기 소리도 없이 그가
사라져 버릴 것이라고 생각한 사람은 없었을 것이다

서른여덟 살의 육중한 랩퍼가 고꾸라질 때
한 세계가 쩡— 하고 금이 갈 때
함께 노래하던 두 명의 여자 멤버는 어디로 갔나

새벽부터 새벽까지
아침부터 아침까지
MBC에서 KBS로 SBS로
서울에서 부산으로 광주로 대구로
쇼에서 예능으로 나이트클럽으로 야외 무대로
노래하고 춤추고 달리고 또 달리던

두 명의 여자 멤버는 이제 어디로 가나

터틀맨의 죽음을 알리는 연예가 속보와
그의 헐렁한 힙합 셔츠와 모자와 트렁크 사이로
〈빙고〉와 〈싱랄라〉를 레퀴엠처럼 틀어주는 방송

제4부

Greetings!

NAB 전시장 남문 광장 비둘기는
한 걸음 뗄 때마다 고개를 끄덕거린다
사람들이 지나가거나 말거나 꼬박꼬박
Greetings! Greetings!

그사이 까만 재킷을 입고 맨바닥에 쪼그려 앉아
말보로를 연달아 태우던 여자가 사라졌다
퍼런 아이라인을 그려 놓은 푹 꺼진 눈두덩이의 여자

소니 부스 앞에서 본 여자
마이크로소프트 임시 안내원 여자
아리안 니그로 투르크 여자
모두 푹 꺼진 눈두덩이로 HDTV와
파일 Backbone의 IPTV를
넌리니어 와이어리스 편집기를
영상 편집 어도비 시리즈를
중얼거리며 히히덕거리며 탄성을 지르며
보고 또 본다

10만 명의 방송인과 영업맨과 홍보원과 보안 요원이

빵빵한 엉덩이를 덜렁거리며 거대한 아메바처럼
Greetings! Greetings!

바야흐로 세계는 디지털 HD 시대
국가도 민족도 인종도 언어도
옷도 신발도 안경도 가방도 담배도 모두 HD

NAB 전시장 비둘기는 한 걸음 뗄 때마다
Greetings! Greetings!

Santa Monica Pier

미국 본토보다 5만 원씩이나 비싸게 주고 산
나이키 운동화 신고 꾹꾹 눌러
모래사장에
캘리포니아 산타 모니카 해변에
발자국을 찍는다

아이들과 학생들과 젊은 연인과 초로의 부부와
홈리스와 경찰과 보안 요원과 금속 탐지기와 개와 갈매기가
나와 함께 발자국을 찍는다

쇼핑 가방을 들고 이어폰을 꽂고 카메라를 들고
신발과 책가방과 점퍼와 티셔츠와 코카콜라를 들고
통기타와 하모니카와 스케이트보드와 팝콘을 들고
지금 발자국을 찍고 있다

에드워드 호퍼의 '케이프 코드'처럼
태평양을 향해 날렵한 머리를 내밀고 있는
산타 모니카 피어

콘크리트 교각을 촘촘히 박은 불도저처럼

어깨 위에 자동차와 사람과 쇼핑몰과 레스토랑까지 태운

산타 모니카 피어의 4월은

쉬지 않고 발자국을

찍고 또 찍는다

벨라지오 분수 쇼*

사막에다 물 부어 저수지 만들고
잔디 심고 나무 심고 돌 날라다 꾸민
분수 쇼는 말하자면
물에다 전기 충격을 가해 뻥뻥
똥구멍을 내질러 물기둥을 만드는 것인데
한 백 미터쯤 줄을 세워 빠바방 연달아
충격을 가하며 이글스의 〈호텔 캘리포니아〉를 틀면
그게 참 별난 분수 쇼가 된다

초저녁이면 육교 기둥에 매달린 전광판에는
메이저리그 야구와 미식축구, NBA 경기 결과가 자막으
로 흘러가고
그 밑을 집채만 한 리어카를 끌고 가는 니그로 청소부와
그의 우람한 헤드폰을 살짝살짝 스쳐 지나는 구경꾼들이
때로 아이를 목에 태우고, 때로 겨드랑이 밑에 여자를 끼고
뭐라 중얼대며 키득거리며 사람에 떠밀려
벨라지오의 그 별난 전기 충격 쇼를 보는 것이다

* 벨라지오 분수 쇼: 미국 라스베이거스 '호텔 벨라지오'의 분수 쇼.

저스틴

너희 나라로 돌아가라
가서 너의 선조들이 그랬던 것처럼
코로 숨 쉬고 입으로 먹고 귀로 들어라
저 구름과 모래와 바람의 생업을 함께하라

암말 옆의 망아지와
유칼립투스 숲의 코알라와 들소와 들개와
새파랗게 쏟아지는 남태평양의 짠물과
계곡 폭포 구름을 향해 기도하라

기도하라, 저스틴
하늘과 하늘 너머 하늘 또 하늘을 향해
무릎 꿇어라

너희 나라로 돌아가라
철골과 송전탑과 리무진과 기름 탱크와
크레인과 컨테이너와 위스키와 2,300km 고속도로를 위해
너는 제발 무릎을 꿇어라

너에게는 너와 함께 무릎 꿇을 다른 네가 있다

너희 나라로 돌아가서 저스틴,

저 구름과 모래와 바람의 생업을 함께하라

포트 스테판

남태평양 파도는 겹겹이 몰아치고
봄이 가을인 호주산 모래는 가늘고 가늘다

안전 요원 7명과 서핑 족과 그가 벗어 놓은 옷가지들이
일광욕을 즐기는 여자와 아이 곁에서
달리기를 하는 핫팬츠의 남자들 곁에서
쉭쉭 땀 흘리며 보드를 타는 아이들 곁에서
햇볕을 쬐고 있다

비쩍 마른 죄수 40만 명이 이 해변으로 몰려올 때
모래언덕 너머 숲속에서 저녁밥을 해 먹던 사람들 곁에서
창공은 한 점 부끄러움도 없이
세세만년 입김 모아 비를 내리고
대지는 털끝만큼 빈틈도 없이
풀과 나무와 바람을 키웠을 것이다

길을 묻지 않겠다

웜뱃에게는 길을 묻지 않겠다
데블에게도 모르는 길을 묻지 않겠다
오리너구리에게도 절대 길을 묻지 않겠다

나는 지금 내가 원하는 길로
추호도 머뭇거리지 않고 곧장
나의 길을 걸어가고 있다

길은 가도 가도 직선, 나의 길
세찬 비와 모래바람과 해일 폭풍 쓰나미
마리아나제도 솔로몬제도 유카탄반도를 향해
곧바로 뻗은 길

나는 이제 모르는 길
갈 수 없는 길 가로막힌 길을 뚫기 위해
상어 뱀장어 불가사리 키조개 홍합 왕새우에게
길을 묻지 않겠다

마크 파인터

너의 기름때 묻은 털복숭이 손
비는 오는데 크라이스트처치부터 밀포드사운드까지 왕복
1,500킬로미터 운짱의 길

구부정한 큰 키
노란 얇은 재킷 너풀거리는
휘청거리는 두 다리 터벅터벅 짐을 싣는다

너의 번쩍이는 노란 머리 카와라우 협곡 같은 눈자위
유나이티드 킹덤 신부와 선교사의 후예
너의 조상은 아직 씨앗도 되기 전의 너를 품고
인도양을 건넜을 것이다

너의 너를 두고 먼저 떠난 조상의 음덕이다
너는 그 큰 손발과 어깨로 힘차게
밟아라 팍팍 시굴시굴 밟아라
남위 45도 선상을 수직으로 관통하는 도로
비는 오는데 멀리 산 너머 해는 뜨고
던스턴호수 지나 푸카키호수까지
길은 외길 테 카포 호수까지

>
밟아라, 너의 조상들이 말을 몰던 이 길
4,500만 마리 양 떼를 몰듯 팍팍
세차게 밟아라 너의 기름때 묻은 손발

휘청거리는 두 다리 출렁거리는 노란 머리
밀포드사운드에서 크라이스트처치까지
너의 조상들이 달려간 길
운짱이 되어

테 아나우

금발과 손잡고 가는 또 다른 금발
나는 방금 산 시커먼 빵모자를 눌러쓰고
마오리 전사나 된 것처럼 느릿느릿
그러나 종아리에 힘을 바짝 주고 당차게
퀸스타운 뒷골목을 걸어가고 있다

그들은 저 앞 몇 미터 지점
Scenic Hotel 근처에서 허리를 부둥켜안고
지나가는 차들은 쉭쉭 먼 소리를 내고

나는 낮에 본 협곡의 맹렬한 물길처럼
속이 흔들린다 부글부글 끓는다

82km 테 아나우 호수야 너는
방금 저 두 금발의 어깨 너머에서
800년 전의 어느 조용한 별밤을 느끼는가

나는 지금 퀸스타운 모텔 지나 담배를 물고
너의 물결 소리 듣는다

페어리라는 동네

12시 25분에 버스가 섰다
이쪽저쪽 모두 허허벌판 양도 소도 없는 풀밭 옆에
대형 버스가 꼼짝도 못 하고 섰다

양털 같은 구름 간신히 지나가는 새파란 하늘 아래
몇몇 여자들은 건초더미 옆으로 가 소변을 보고
몇은 드넓은 초원을 배경으로 사진을 찍고
한둘은 비좁은 의자에 가로누워 졸고
남자들 몇은 주변을 떠돌아다니고
가이드와 운전사는 다른 차를 수소문하고
지나가는 승용차들은 멈칫거리다 떠나고
13살 먹은 사촌 형과 오클랜드 사는 9살 동생은
낯선 사람을 보며 풀밭 위를 히히덕거리며 뛰어다니고
나는 아랫배를 움켜쥐며 변의를 눌러 참고
멀리 산은 보이저 2호가 찍은 화성 같고

14시 30분까지 꼬박 두 시간 넘어
하나투어 여행객을 태운 신형 버스를 얻어 타고
겨우 비행기 시간을 맞췄다

빨판

대왕오징어도 그랬지만
수심 3천 미터까지 내려가는 심해 문어는
온몸의 요란한 수사는 다 버리고 오직
먹이를 낚아채기 위한 **빨판**만은 그 힘을 극한까지 끌어 올린다

베를린 Zoo-Aquarium에는 들어가지 못하고 그 벽면
고래 물개 상어들의 부조에서 번쩍 허기를 보았다

밤 12시를 넘기자 자전거를 탄 사람들이 먼저 사라지고
빌헬름 1세 추념 교회 쪽에서 곧 영면에 들 듯한
무표정한 얼굴로 걸어온 사람들이 잠깐씩 기우뚱했다

멀리 게르만 족속의 대이동으로부터
훈족과 고트족, 켈트 프랑크 반달 족속들과의 혼성 교배로
부터
프로이센과 바이마르공화국과 나치와 게토로부터
직각으로 잘 닦인 도로의 선형이 통째로 흔들리는 것이었다

한밤 시가지에는 칼이나 창, 포탄과 찢어진 포신 같은
성 베드로 대성당의 프레스코처럼 누군가 꾹꾹 눌러 찍은
축축한 **빨판**이 여기저기 펼쳐져 있었다

앨버트 공公

대영제국의 여제 빅토리아는
그녀의 남편 앨버트 공이 겨우 사십 넘겨 죽자
하이드파크 안에 실로 화려 장엄한 탑을 세웠다

그의 정면 왼쪽에는 아시아의 코끼리가 무릎을 꿇고
오른쪽에선 유럽의 황소가 두 발 디뎌 멀리 응시하고
뒤에는 아메리카의 힘찬 숫양과 아프리카의 낙타가
눈 부라리며 온몸의 힘줄을 곧추세우고 있다

시커멓게 번쩍이는 니그로 인부들은 지금
그의 등 뒤에서 물걸레로 반질반질 먼지를 닦아 내고 있다

농협에서 거금을 들여 어린 학생 십수 명을 보내
농어촌 자녀의 학력과 지구적 안목을 가르치고 있을 때
바리케이드를 친 일단의 흑인 도색공이 담배를 뿜는 뒤로
금빛 치렁치렁한 그의 망토가 순간 펄럭거리며 소리를 냈다

나는 한 갑에 만 원이 넘는 담배를 피우며
탑의 네 기둥에 새겨진 아시아의 manufactures를 생각하고
유럽의 agriculture와 아메리카의 engineering과
아프리카의 commerce를 베껴 쓰고 있었다

일적재수백조쟁명―笛在手百鳥爭鳴*

만리장성에 올라 피리 소리를 들었다
먹빛 양복 깃에 목을 잔뜩 수그린
비쩍 마른 텁석부리를 빠져나와
피리 소리는 어디론가 날아가고 있었다

초가을에도 장성을 타 넘는 바람은 매서웠고
어느 원통한 영혼의 세찬 분노처럼
푸르고 날쌘 소리는 장벽 넘어 어디론가
쉼 없이 날아가고 있었다

쉬지 않고 날아가는 것들
산등성이를 뛰어가는 것들
먼지바람 속을 잽싸게 달려가는 것들
부딪히고 고꾸라지고 굴러떨어지는 것들
속에서 나는 피리 소리를 들었다

허물어지지 않은 장벽을 보기 위해
수만 리를 날아온 사람들 속에서 나는
수만 리를 날아가는 소리를 들었다

\>

만 명의 백인과

만 명의 흑인과

만 명의 중화인과

만 명의 흉노 말갈 몽골리안 속에서

나는 목이 쉰 시커먼 피리 소리를 들었다

장성은 무너지지 않았지만

허물어지고 허물어져서 더는 날아갈 곳 없는

구불구불한 피리 소리를 나는 들었다

---

* 일적재수백조쟁명一笛在手百鳥爭鳴: 피리 하나 손에 있으니, 백 마리 새가 다투어 운다.

비앙리앙(變臉)

여섯 명의 남한 사람이 두 명의 현지인을 대동하고
열두 가지 음식과 세 가지 술을 먹으며 원탁에 앉아
중국 공산당의 몰지각한 지급 관행을 비판했다

두 시간 동안 사천식 요리를 먹으며 뱉어 내며
파국巴國에 대하여 파국 파국 침을 튀겼다

대금을 어음으로 지급하고
기한을 지키지 않거나 아예 지급하지 않는
정부가 세상에 어디 있나?

삼천 년 파국의 전통을 이은 동방명주 상하이

풍미주루風味酒樓 원탁에 앉아 두 시간 동안
침을 튀기는 사이 비앙리앙은 순식간에
탈을 바꿔 쓰고 박수를 받고 앵앵거리며 사라졌다

미니 시암

줄여라 작아져라
미니미니 미니 시암

에펠탑도 앙코르와트도 천단공원도
콜로세움도 파르테논신전도 엉덩이도
뱃살도 가슴도 자유의여신상도 왕궁도
미니미니 미니미처럼 줄여라 작아져라

난쟁이를 겨우 면한 시커먼 태국 청년이
구내식당 요리 접시를 산처럼 쌓아서 끌고 간다
걸음마다 덜컹덜컹 박수 소리가 난다

왕조의 유산은 유구하고 썩은 코끼리도 유구하다

줄여라 작아져라
미니미니 미니 시암

Asian Spirit

1.

왕조를 섬기라, 눈물을 흘리며
제국을 그리워하라

아메리카여, 너의 꼬리뼈를 때려라

2.

여기는 에버튼 하우스, 시드니에서 블루 마운틴 가는 길
1870년의 대저택은 한국인 여사장이 운영하는 뷔페
이 나라 부활절 꽉 막힌 고속도로에서 보았다

유칼립투스 나무로 만든
외할머니 청양산 싸리나무 젓가락 같은 전봇대

3.

이븐 주바이르나 이븐 바투타처럼 혹은 헤르만 헤세처럼
바위산도 보고 사막 건초 호수 양 염소 사슴 타조들을 보
았다
또한 해와 바람과 달과 사람과 말을 보았다

>

사람을 모르고 사람이 모르는 피오르해안 마이더 피크
그래, 너희들만이라도 잘 살아라

4.

존 컨스터블의 구름 낀 풍경화

후버댐 지나 그랜드캐니언 가는 길 몇 시간째 직선 주로
네바다주와 애리조나주의 경계 몇 시간째 사막
방울뱀의 방울 소리 같은 선인장 몇 그루 서 있었다

5.

밤 12시 10분, 필리핀 클락 공항에서 1시간 동안 꼼짝 못
하고 비행기에 갇혔다. 땀은 삐죽삐죽 솟고, 당신들의 안전
을 위하여 바깥바람은 쐴 수 없음. 사람들은 복도에 일렬로
쭉 늘어서서 기내 화장실이 비기를 기다리고, 히득거리고
낄낄대고 떠들어 대고, 파리가 날아들고, 반 백발 중년은
옆자리 여자를 흘끔거리고, 가슴께 뚫어져라 내려다보고,
싼 비행기 타고 비싼 골프 한다고 주절대고, 좀 더워도 내일
은 그린 위를 걸을 테니 참으라, 참으라, 시끄럽게 그 사내!

>
6.

모니카 벨루치가 여기서 가차 없이
강간을 당하고 도륙당했지
그녀를 바라보는 눈은 더욱 가혹했지
미인은 가장 더러운 얼굴로 죽음을 맞으라
널브러져 벗기고 찢기고 벌어진 입으로 죽으라
지하도와 모니카 벨루치의 irreversible

7.

Jeepney 옆의 젊은 사내
두리안 시티 다바오의 '더 아포 뷰'라는 호텔
진주 목걸이와 선글라스와 팔찌 따위를 들고
새벽 5시부터 머릿수건을 쓰고 배낭을 복낭처럼 매달고
중얼거리며 두리번거리는 사내
콧수염을 길러 오마 샤리프처럼 생겼다
귓바퀴는 바가지처럼 움푹하니 복스럽다
누런 가지런한 치열은 장수할 상이다
새까맣고 가는 팔뚝 번쩍 윤이 난다

>
8.

엉덩이가 풍선처럼 가볍게 튄다
볼기 살이 푸르딩딩한 겨울
중랑천 변 뚝방 체육공원에서
아이들 둘이 젖통을 출렁거리며 국민체조를 한다

입술은 새파랗고 머리통이 작은
아이들이 허리 굽혀 몸 푸는 옆에는 쓰레기봉투
또 옆에는 배드민턴 치는 노부부
헉헉거리며 콧김 뿜으며

9.

아들 하나와 둘째 남편의 딸 셋을 키우며 산다
란초 팔로스 베르데스 골프장의 Chona라는 캐디
열아홉에 결혼했으나 첫 남편은 죽고 둘째 남편은 버렸다
얼굴부터 발목까지 시커멓게 번쩍이는 맨살들
명치 아래께 겨우 정수리가 걸리는 초나라는 여자
한 번씩 서서 길가 나무 열매를 따 담고
손지갑에서 막내딸 사진을 꺼내 보여 주고
비쩍 말라서 털렁털렁 장을 보는 초나라는 여자

>

10.

2007년 5월 17일

남측 열차가 도라산역을 넘어 개성을 다녀왔다
북측 열차는 금강산역을 출발해 제진까지 다녀갔다
오랜만이라고 인사도 하고 점심도 먹고 바람도 쐬었다

150명씩 두 열차는 삼백 명의 남북 사람을 태웠다
경의선은 56년 만에 동해선은 57년 만에 서로 통했다

해 설

응시와 기록의 이면, 비애와 연민의 페이소스

유성호(문학평론가, 한양대 교수)

1

이번 시집을 통해 우리 시단에 매우 이채로운 존재로 등장하게 될 김재홍金載弘은, 2003년 '중앙신인문학상'으로 등단한 불혹不惑의 신진 시인이다. 그러니까 이 시집은 등단 후 얼추 6년 만에 내는 첫 성과라고 할 수 있다. 우리의 경험으로 보건대, 첫 시집이란 으레 시인 자신의 고유한 내력을 담은 일종의 '성장 서사' 형식일 경우가 많다. 그래서 우리는 첫 시집을 통해 시인의 트라우마trauma나 욕망의 기원을 암시받을 수 있고, 양도할 수 없는 그만의 원체험을 확인하게 되는 것이다. 하지만 이 점에서 김재홍의 첫 시집은 매우 현저한 개성을 지닌다. 왜냐하면 시인은 자신만의 고유한 성장 서사를 배면으로 숨긴 채, 자신이 선택한 사물이나 세계에 대한 응시와 기록만을 집중적이고 확연하게 펼쳐 내고 있기 때문이다. 그 점에서 이번 시집『메히아』(천년의시작, 2009)는, 우리 시단에서 가장 이색적인 첫 시집 가운데 하나로 기록될 것이다.

가령 그의 시편들에는 내적인 자기 토로나 성장 과정에서의 삽화 같은 것이 존재하지 않는다. 다만 시인은 자신이 선택한 대상을 향한 정밀하고도 사실적인 응시와 기록을 통해, 그 대상들로 하여금 구체적인 물질성으로 살아 움직이게끔 하는 힘을 부여한다. 그 안에는 '야구' 같은 스포츠에 대한 시인의 유별난 선택적 취향이 드러나고 있고, 시인이 직업적으로 겪은 방송국 근처의 경험이라든가 세계 곳곳의 풍경과 습속들을 응시하고 기록한 경험 등이 복합적이고 물질적인 상상력을 통해 줄곧 드러나고 있는 것이다.

대상을 향한 이러한 일관된 응시와 기록의 작법作法은, 일차적으로 이 시집으로 하여금 우리 시대의 여러 풍경들을 사실적으로 재구성하여 보여 주는 일종의 만화경萬華鏡 구실을 하게 하지만, 궁극적으로는 그 이면에서 세계의 불모성과 비극성에 대해 치열하게 증언하는 목소리를 발하게 하는 역할을 담당한다. 이때 시인은 자신을 철저히 후경後景으로 물러앉히면서 오로지 대상을 사실적으로 응시하고 기록하는 데 골몰할 뿐이다. 그럼으로써 자신의 주관은 문면文面에서 물러서게 하고, 시의 표면에는 대상의 물질성과 사실성만이 강화되게 하고 있다. 다만 그 문면의 아래쪽에 대상을 향한 시인의 강렬한 비애와 연민의 페이소스가 무르녹아 있는 것이 그만의 개성적 특징이라고 할 수 있을 것이다. 그렇게 단단한 개성으로 짜인 언어의 숲으로 이제 들어가 보자.

2

먼저, 그에게 '야구野球'는 각별한 기억의 장치로 시집 곳곳에서 활발하게 기능하고 있다. 우리가 흔히 하는 말 가운데 "인생은 야구와 닮아 있다"는 표현이 있다. 기회가 세 번쯤 온다거나, 역전이 가능하다거나, 혼자 잘한다고 되는 게 아니라거나 하는 상사성相似性이 인생과 야구를 은유적으로 묶고 있는 것이다. 하지만 그는 그렇게 유사한 속성들을 병치하여 알레고리적 메시지로 귀착할 수 있는 충동을 한사코 거절한다. 다만 '야구'에서 환기되는 고유한 기표들과 그것들을 온몸으로 드러내고 있는 '선수' '팀' '구장' '팬' '숫자' 등에 대해 사실적으로 응시하고 기록하려 할 뿐이다. 다음 시편을 보자.

> 테드 윌리엄스라는 마지막 4할 타자가 죽자
> 미국의 야구팬 3억 명이 일시에 부동자세로
> 그 장대한 기골의 80 노인이 생전에 일군
> 무수한 기록을 되뇌었다
>
> 타율 홈런 출루율 장타율

그의 기록은 베이브 루스나 조 디마지오에 버금가는
화려한 숫자들로 가득했다

경기장마다 선수들과 수만 관중은
기립 자세로 묵념을 올렸고
백스크린에 비친 타격 장면을 응시하며
영웅의 마지막을 추모했다

그의 이름은 명예의 전당에 헌액되었고
펜웨이 파크 인근에 사는 한 노인은
레드삭스의 빨간 양말을 헌사했다

그의 기록은 영원히 지워지지 않도록
청동거울에 새겨 보존되고 있으며
언젠가 새로운 테드 윌리엄스가 나와도
쉽게 깨지지 않는다는 것을 의심하는 사람은 없다

　　　　　　　　　　　　　　　　　　　—「영웅의 죽음」 전문

　일견 산문적으로 보일 수도 있는 "되뇌었다/가득했다/추
모했다/헌사했다/없다"라는 건조한 술어군述語群이 반복적
으로 나열되면서, 이 시편이 담고 있는 내용의 보고성報告
性은 한층 강화된다. 단지 화자는 "테드 윌리엄스라는 마지
막 4할 타자"가 타계한 것을 계기로, 그가 남긴 영웅적 흔적
들을 재구再構하여 보고할 뿐이다. 화자의 보고에 의하면,

그가 남긴 "타율 홈런 출루율 장타율" 때문에 그는 야구 영웅 "베이브 루스나 조 디마지오"에 버금가는 영웅적 지위를 부여받았다. 일사불란한 추모 분위기 속에서 이 새로운 '야구 영웅'은 "명예의 전당"에 헌액되었고, 그가 뛰었던 야구장 인근에 사는 노인은 이 야구 영웅의 야구팀 이름을 환기하는 "빨간 양말"을 헌사하였다. 그가 남긴 숱한 기록들은 "청동거울"에 새겨져 항구적으로 보존되게 되었고, 그 기억의 항구성을 의심하는 이는 아무도 없다. 이렇게 그를 둘러싼 '기록'과 '묵념'과 '추도'와 '헌액'과 '청동거울'의 연쇄적 이미지 속에서 그는 불멸의 영웅으로 거듭나고 있다. 화자는 이러한 '불멸의 기억'이 생성되고 정착되는 과정을 매우 사실적으로 보고하고 있는 것이다.

그렇다면 이 시편은 한 야구 영웅의 위대함을 보고하는 데 중심이 놓여 있는 것일까. 아마 그렇지 않을 것이다. 오히려 우리는 그 안에서 "일시에 부동자세"로 기록을 되뇌는 사람들, "화려한 숫자들"을 추모하느라 "기립 자세로 묵념"을 올리는 사람들, 그의 기록이 다시는 갱신되지 않을 것이라고 믿어 의심치 않는 사람들이 오히려 그 일사불란함 때문에 '불멸의 기억'을 인공적으로 만드는 허구성에 감싸여 있지 않은가 하는 의문을 가진다. 다시 말하면 그를 부동자세와 기립 자세로 추모하고 있는 익명의 다수들이 오히려 진정한 '영웅 부재의 시대'를 살아가는 이들의 은유로 다가오는 것이다. 그래서 이 시편은 우리 삶의 불모성과 비극성을 정밀하고도 건조하게 응시하고 기록하면서, 우리 삶에

촘촘하게 들어서 있는 비애와 연민의 페이소스를 역설적으로 대상代償한 결과라고 할 수 있을 것이다.

중남미의 어느 공화국 시민인 그는
동란과 쿠데타를 딛고 선 아시아의 작은
공화정부의 취업 비자를 받아
뜨끈뜨끈한 잠실 야구장 타석에 섰다
(왜 중남미 선수들은 교범에도 없는 말타기 자세를 하는지 몰라)

메시아가 어디 사는지도 모르면서
검게 붉게 얽은 얼굴을 하고 그는 처음에
야구공과 방망이를 손난로처럼 품고
한겨울 국제공항 청사를 두리번거리며 어슬렁거리며 나왔을 것이다
(머리통이 얼마나 작으면 헬멧 속에 모자를 또 썼을까)

그는 당당하게 2루타를 쳤다
베이스를 밟고 선 두 다리가 덜덜 떨렸다
수천 개 눈동자가 일순간 그의 몸을 향해
함성을 지르고 파도처럼 술렁거리며 비명을 지르고
거대한 솥단지가 되어 펄펄 끓다가
더 작은 체구의 다음 타자가 안타를 칠 수 있을지 의심한다
(관중석에 앉으면 왜 선수들은 모두 야구공처럼 보일까)

비쩍 마른 붉은 눈의 게바라를 읽고 싶었다

국경을 뛰어넘는 공화국의 깃발을 보고 싶었지만

그는 너무 작았고 액정 화면에 잡힌 그의 헬멧에는

국적 불명의 독수리 이니셜만 코를 벌름거리며 박혀 있었다

멕시코와 푸에르토리코와 쿠바 출신의 운수 좋은 메이

저리거들도

타석에 서면 구부정하게 허리 굽히고

꼭 말 타는 자세로 방망이를 든다

—「메히아」 전문

이 작품에 이르면 김재홍이 얼마나 '야구'라는 장場에 서
서 인생의 축도縮圖를 응시하고 기록하는 시인인지를 여실
하게 알 수 있다. '메히아'라는 실명實名의 야구 선수는 "중
남미의 어느 공화국 시민"이었지만 지금은 "동란과 쿠데타
를 딛고 선 아시아"의 작은 나라에 와 있다. 그는 '메시아'
(그의 이름이 '메시아'라는 기표를 환기했을 것이다.)의 존재도 모르면
서 "야구공과 방망이를 손난로처럼 품고" 메시아를 대망하
듯 이 작은 나라를 찾아왔다. 그런데 그는 당당히 "2루타"
를 치고도 덜덜 떠는 약한 모습을 가진 존재이다. 그는 그
저 "붉은 눈의 게바라"를 읽고 싶었고 "국경을 뛰어넘는 공
화국의 깃발"을 보고 싶어 했던 청년이었지만, 지금은 커다
란 운동장에서 "국적 불명의 독수리 이니셜"(그의 팀이 '한화 이
글스'였으니!)이 새겨진 헬멧을 쓰고 군중들의 함성 속에서 한

없이 작아지고만 있을 뿐이다. 그 점에서 그는 '테드 윌리엄스'와는 전혀 다른 존재이다.

이 시편에 몇 차례 사용되고 있는 괄호 속의 진술들은 그것대로 일종의 계열체를 형성하면서 '메히야'에 대해 유머와 연민을 동시에 발생시킨다. 그의 타격 자세가 "교범에도 없는 말타기 자세"라고 한다든지, "머리통이 얼마나 작으면 헬멧 속에 모자를 또 썼을까"라면서 그의 외관을 희화화한다든지, 멀리서 "관중석에 앉으면 왜 선수들은 모두 야구공처럼 보일까"라고 말하는 등의 연쇄가 이러한 유머와 연민의 동시적 결속을 꾀하게 한다. 그러니 야심만만하게 '손난로'를 품고 이 작은 나라에까지 온 중남미의 한 '야구 영웅'은 일종의 '반영웅(反英雄, antihero)'이 되어, 화자로 하여금 짙은 비애와 연민의 페이소스를 머금게 하는 것이다. 그 비애와 연민이 격렬한 감정 과잉으로 나타나지 않고 철저하게 배면으로 숨어드는 형식으로 진술되고 있는 것이 김재홍 어법의 독특한 특징임은 여러 차례 강조한 바이다.

이러한 '반영웅'들은 분주하게 "다른 팀으로 옮기기도 하고/ 대륙을 횡단해 낯선 리그로 가기도 하고/ 아예 마이너 리그로 전락"(「알 마틴」)하기도 한다. 언제 있을지 모를 "호출 명령"(「이스링하우젠」)을 기다리기도 하고, "타석에 서면 구부정한 팔십대 노인 같은/ 너무 커서 허리를 굽혀야 하는"(「맨하탄은 아는지 몰라」) 경우도 있다. 이렇게 시인은 '영웅'의 위대함을 칭송하고 기록하는 뒤안길에서, '반영웅'들을 향한 비애와 연민의 페이소스를 매우 잔잔하게 던지고 있는 것이

128

다. 그래서 우리는 시인이 비록 "내가 매일 아침 꼼꼼히 점검하는 사이트와/ 일일이 기록하는 수치들은 모두 싱싱한 실시간 정보"(「아침의 일」)라 할지라도, 그 '정보'에 밴 시인의 잔잔하지만 선명한 비애와 연민을 읽어 낼 수 있는 것이다.

이제 '야구'를 떠나 '축구'로 가면 어떤가. 때때로 그의 시선은 "세계 최고의 프로축구 리그를 가진 스페인"(「셀타비고」)을 향하기도 하지 않는가. 여기서도 시인은 착실한 관중 가운데 하나이지만, 그 응시와 기록의 이면으로 역시 짙은 페이소스를 길어 올리고 있다.

> 미니 월드컵이라는 유로 2008 B조 예선 1차전
> 폴란드 태생 독일인 포돌스키는 조국의 골네트를 향해
> 전반 19분과 후반 27분 각각 골을 쏘았다
> 통렬한 발리슛과 통한의 결승골 사이에서
> 경기장을 찾은 수많은 독일 팬들은 '폴스카'를 외치며 환
> 호했으나
> 한편에선 "독일은 폴란드인을 빌려 쓰고 있다"며 야유를
> 퍼부었다고 한다
> 오스트리아 클라겐푸르트 뵈르테제 슈타디온에서 쏘아올린
> 외신은 한결같이 '골은 있었지만 세리머니는 없었다'고 했다
> 탯줄을 폴란드 남부 글리비체에 묻었고
> 아직 많은 가족과 친척들은 고국에 살고 있으므로
> 그들 모두 가슴 한쪽에 뜨겁게 자리 잡고 있으므로
> 23살 포돌스키는 웃을 수 없었다고 했다

폴란드는 1933년부터 75년 동안 단 한 번도 독일을 꺾
지 못했고
　　독일은 2차 대전 당시 무력 침공을 포함해
　　16번의 국가대표팀 간 경기에서 한 번도 진 적이 없다
　　냉전시대나 데탕트 이후 오늘까지 폴란드는 독일에 뒤
쳐진 나라
　　국가 경제와 국민 생활 어느 하나도 이길 게 없는 나라
　　포돌스키와 그의 아버지는 1987년 공산 정권의 폭압을
피해 독일로 향했다고 한다
　　19살부터 전차 군단의 주 공격수가 된 이래 승승장구
　　축구 하나로 분데스리가를 지배하고 있는 포돌스키
　　경기 전 독일 국가가 울려 퍼질 때 그는
　　독일 선수 사이에서 한 번도 입을 떼지 않고 묵묵히
　　그저 앞만 바라보며 서 있었다고 한다
　　폴란드는 2002년 부산에서 황선홍 유상철의 골로
　　월드컵 본선 역사상 우리에게 첫 승을 안겨 주었던 나라
　　그때 우리는 유럽 장신 군단을 물리친 역사적 쾌거로
　　온 나라가 시뻘건 물결이 되어 환호와 찬사를 보냈었다
　　　　　　　　　　　　　　　　　　—「포돌스키」 전문

　여기에는 어떤 (반)영웅이 등장하는가. 그는 "폴란드 태
생 독일인 포돌스키"다. 그는 "조국의 골네트"를 향해 두 골
이나 쏘아 넣은 유능한 골잡이다. 경기장에 온 독일인들은
환호했지만, "독일은 폴란드인을 빌려 쓰고 있다"며 야유를

퍼붓는 이들도 있었다. 한 외신은 "골은 있었지만 세리머니
는 없었다"고 보도하였는데, 그것은 자기 탯줄을 "폴란드
남부 글리비체"에 묻은 그가 세리머니를 하며 웃을 수는 없
지 않았겠냐는 것이다.

　그런데 여기서 화자는 폴란드가 독일의 "2차 대전 당시
무력 침공"을 겪었고, 축구에서도 늘 져 왔기 때문에 "냉전
시대나 데탕트 이후 오늘까지 폴란드는 독일에 뒤쳐진 나
라"였다고 전혀 다른 차원의 정보를 제공한다. 결국 포돌스
키는 "국가 경제와 국민 생활 어느 하나도 이길 게 없는 나
라" 출신으로서 자신들을 늘 이겨 온 나라 선수로 뛰게 된
내력을 가진 사람으로 바뀐다. 그가 비록 "공산 정권의 폭
압"을 피하여 독일로 갔다지만, 그는 여전히 "독일 국가가
울려 퍼질 때" 묵묵히 앞만 바라보았던 것이다.

　그런데 그 슬픈 나라 '폴란드'가 2002년 월드컵 때 우리 팀
에 지지 않았는가. 그때 우리 언론은 "유럽 장신 군단을 물
리친 역사적 쾌거"로 보도하였다. '독일'과 '폴란드'가 이렇
게도 다른 나라인데(아니 적대적이기까지 한데), 그저 "유
럽 장신 군단"이라는 표현에서는 한 치도 차이가 나지 않았
던 것이다. 그래서 정작 화자는 그 슬픈 (반)영웅 '포돌스키'
를 통해, 우리 삶을 어지럽게 가로지르는 역사와 일상(스포
츠), 조국과 소속 팀, 동일성과 차이, 승자와 패자 같은 복
합적 생의 형식들을 드러내고 있는 것이다.

　이렇듯 시인은 야구나 축구를 통해, 아니 그것들에 관
한 사실적 정보 전달을 통해, 매우 구체적인 물질성으로,

우리 삶의 형식에 대한 슬프고도 연민 어린 시선을 잔잔하게 부여하고 있다. 이것이 김재홍과科의 가장 현저한 특성일 것이다.

3

그런가 하면 공간적 차원에서 볼 때, 김재홍 시인의 시선은 글로벌한 활달함을 한껏 선보인다. 그가 세계 곳곳을 편력하면서 발견한 것은 거기 사는 사람들, 짐승들, 사물들의 공통적이고 보편적인 존재 방식이다. 그는 거기서 살아가는 이들의 만인보萬人譜를 구성하고 있는데, 가령 이국 땅 LA에서 "밤마다 어슬렁거리며 거리를 떠도는/ 노숙자들의 어머니 글로리아 김"(「핫 숲!」)을 관찰하고, 중국 운남성에서는 "해발 이천 미터의 산山마을/ 대창에 찔려 죽은 쇠뿔을 동구에 세우고/ 터번처럼 검은 머리띠를 맨 사내들이/ 구리 팔뚝 들고 나무를 하는"(「와족의 봄」) 것을 응시하고 기록한다. 그가 세계를 돌아다니며 응시하고 기록하는 이러한 존재들의 내면도 활력으로 가득하기보다는 비애를 온몸에 가지고 있는 존재들이다. 그래서 격렬한 슬픔이나 분노 혹은 희망이나 의지가 아니라, 그는 편재적遍在的인 비애와 연민을 통해 존재론적 보편성을 파악하고 있는 것이다.

낮게 깔린 새벽 안개를 뚫고

세렝게티 대초원에 해가 솟구치면
시속 90킬로미터로 달려 나가는 놈을 볼 수 있다

두 귀는 머리 위에 붙여 팽팽하게 잡아당긴 채
꼬리는 수평으로 뻗어 키를 잡게 하고
사냥감을 향해 필사적으로 뛰어가는 놈의
억센 앞발 아래에는 언제나
톰슨가젤이나 누의 새끼들이
고개를 땅에 처박고 숨을 헐떡이고 있다

세상에 막 태어나 이슬 맺힌 풀 맛을 몇 번 보았을까
주둥이 끝은 물기에 젖어 반짝이고
짧고 연노란 잔털이 듬성듬성 뽑혀 나간 채
왕방울 같은 큰 눈을 가끔씩 깜빡이고 있다

숙련된 치타는 이런 놈의 목덜미를 한 번에 꺾어 버리려고
아래턱에 온 신경을 끌어모아
매일 아침 대못 같은 이빨을 갈고 또 간다

지구상에서 가장 빠른 네발 동물 치타는
먹잇감을 쫓아 평생을 새벽이슬 털며 달리다가
단 한 순간 고꾸라져 아무도 없이
이빨도 없이 그저 혼자 떠난다

—「세렝게티의 치타」 전문

'세렝게티'는 아프리카 중남부 탄자니아에 위치한 거대한 초원으로서 수많은 야생동물들로 전 세계적으로 잘 알려져 있다. 그 대초원에서 화자는 한 마리의 치타를 응시하고 있다. 세렝게티 대초원에서 시속 90킬로미터로 달려 나가는 치타의 외관은 "두 귀는 머리 위에 붙여 팽팽하게 잡아당긴 채/ 꼬리는 수평으로 뻗어 키를 잡게 하고/ 사냥감을 향해 필사적으로 뛰어가는" 것으로 묘사된다. 속도와 욕망의 결속체로서의 치타는 "톰슨가젤이나 누의 새끼들"을 날쌔게 잡아챈다. 그들은 그야말로 "세상에 막 태어나 이슬 맺힌 풀 맛을 몇 번 보았을까" 말까 한 약자들일 것이다. 주둥이 끝에 반짝이는 "물기"나 "짧고 연노란 잔털" 그리고 "왕방울 같은 큰 눈"이 그들의 연약함을 다시 한번 물질적으로 환기한다.

　그와 반대로 치타는 그들의 목덜미를 한 번에 꺾어 버리려고 "매일 아침" 이빨을 갈고 다듬는다. 물론 그런 치타도 종당에는 "먹잇감을 쫓아 평생을 새벽이슬 털며 달리다가/ 단 한 순간 고꾸라져 아무도 없이/ 이빨도 없이 그저 혼자" 떠나갈 것이지만 말이다. 여기서 우리는 '치타'와 연약한 동물들을 묘사하고 해석하는 시인의 품이 '메히아'나 '포돌스키'를 시 안쪽으로 불러들일 때와 닮아 있음을 발견하게 된다. 결국 시인의 시선에는 비록 그것이 "지상의 모든 움직임이 멎을 때까지/ 단 한 번도 눈빛을 거두지 않는"(「카자흐스탄의 검독수리」) '독수리'이거나 "세상이 어떻게 돌아가는지도 모르면서/ 느리게 느리게 살다 가는"(「에버랜드 나무늘보」)

'나무늘보' 같은 존재이거나 간에 그들 모두를 한없는 비애와 연민으로 바라보고 있는 것이다. 이러한 시선은 그 외연을 확장하여 "해발 2,600미터 고지에서 민족도 국가도 없이/ 결혼도 없이 싸울 생각도 없이/ 바다 같은 호수 속에서 물안개 속에서/ 백 년쯤 살다 가는 사람들이 있다"(「다시 살아가는 것」)로도 확장된다. 마치 자신은 "아무 일 아니라는 듯 쳐다보는"(「절정을 향하는 재규어에 대하여」) 사람으로 설정하고 있지만, 그 내면에는 대상을 섬세하게 선택하여 거기에 짙은 비애와 연민의 페이소스를 부여하고 있는 시인의 모습이 매우 일관되어 있다.

그런데 이러한 시선은 자기 자신을 향할 때도 마찬가지로 적용된다. 가령 그가 자신의 삶의 공간에서 "비슷한 얼굴 비슷한 걸음 비슷한 시간에/ 들어갔다 비슷한 시간에 몰려나오는/ 비슷하게 무심한 사람들"(「여의도역 1」)을 스쳐 지나가거나 매일 "꼬깃꼬깃 숨겨 놓은 쭈글쭈글한 검은 가방"(「1년 치 가방」)을 들고 다니는 자신의 모습을 볼 때도 그러한 비애와 연민이 발생한다. 그것은 방송계에서 만난 다른 이들을 스케치하는 모습으로도 이월되는데, 그 가운데 아나운서announcer를 '언어운사言語運士'라는 언어유희(pun)로 바라보는 다음 시편이 이채롭다.

평일 메인 뉴스 앵커에다 싱싱한 얼굴에다
한때 정말 잘나가던 아나운서가
졸지에 홍보부로 옮겼대서, 그럼 그렇지

여자 아나운서 나이로 먹고 산다는데 별수 없지
라고 생각했는데, 그게 글쎄 자원한 일이며
원래 전공 분야가 광고와 홍보라고 했다
그러니, 언어운사言語運士의 홍보는 얼마나 유려할 것인가

후배들이 연이어 프리를 선언하고
예능 프로에다 CF까지 술술 풀려 나갈 무렵
갑자기 아나운서국으로 또 옮겼다고 한다
약간 나온 아랫배와 처진 엉덩이에 팔뚝까지
눈가에 자글자글 끓는 주름과 부푼 턱살까지
줄줄이 매달고 방송 센터로 옮겼다고 한다

그래 봐야 아직 방송에서 본 적은 없고
반짝거리는 탱탱한 얼굴도 아닐 것이며
샛노란 봄빛 재킷을 입고 다시 앵커가 될 것도 아니며
미코 출신 후배처럼 예능 무대를 종횡할 것도 아닌데,
한낮에 시커먼 가방을 메고 여의도 길을 바삐 걸으며
선글라스 털모자에 이어폰을 꽂고 두리번거리며
어디론가 황급히 뛰어가고 있다
　　　　　　　　　　　　　—「언어운사言語運士」 전문

　화자는 여기서도 아무런 직접적 감정의 표출 없이 방송국
에서 일어난 일들을 하나하나 간접적으로 전달하고 있다.
잘나가던 젊은 여성 앵커가 홍보부로 자리를 옮긴 걸 두고

"그럼 그렇지/ 여자 아나운서 나이로 먹고 산다는데 별수 없지"라고 생각했는데, 오히려 그것이 그녀가 자원한 일이며 그녀의 원래 전공이 "광고와 홍보"였기 때문이라는 말을 듣고는, "언어운사言語運士의 홍보는 얼마나 유려할 것인가"라는 일종의 의문을 달아 놓는다. 그녀의 전출의 이유가 원래 전공 때문이었다는 해명에 근원적인 의문을 부여하고 있는 것이다.

그리고 그 '언어운사言語運士'는 후배들이 잘 풀려나가고 다시 빈자리가 생겨 "갑자기 아나운서국으로 또 옮겼다"고 한다. 젊고 싱싱한 얼굴 대신 "약간 나온 아랫배와 처진 엉덩이에 팔뚝까지/ 눈가에 자글자글 끓는 주름과 부푼 턱살까지/ 줄줄이 매달고" 돌아온 것이다. 이제 그녀는 "반짝거리는 탱탱한 얼굴도 아닐 것"이고 "미코 출신 후배처럼 예능 무대를 종횡할 것도" 아니지만 그래도 "한낮에 시커먼 가방을 메고 여의도 길을 바삐 걸으며/ 선글라스 털모자에 이어폰을 꽂고 두리번거리며/ 어디론가 황급히 뛰어가고" 있을 것이다.

여기서 화자가 여성 '언어운사言語運士'를 묘사하는 기본 방식은 '시간'에 있다. 이때 '시간'은 시적 대상이 아니라 후경後景으로 머물면서 대상을 감싸고 있는 존재 조건으로 나타난다. 그녀가 겪은 '시간'의 풍화를 통해 화자는 인간의 보편적인 비애의 조건을 성찰하고 있다. 그 여성 '언어운사言語運士'의 시간의 내력을 관조하는 화자의 시선과 어법은 비록 건조하지만, 그것은 격앙된 분노나 센티멘털리즘

이 아니라 짙은 페이소스를 번져 가게 하는 힘을 가지고 있다. 물론 시인 스스로도 "나도 한 번쯤 편집되고 싶다/ 앞뒤를 바꿔 버리고 아예 인간을 뜯어고치고 싶다"(「장문場門을 열어라」)고 말하고 있는 만큼 그가 바라보는 삶의 터전은 비애로 물들어 있다. 그렇게 김재홍 시인은 그 화려한 라스베이거스에서도 "집채만 한 리어카를 끌고 가는 니그로 청소부"(「벨라지오 분수 쇼」)의 모습을 놓치지 않는 것이다. 이제 시인은 그렇게 자신만의 길을 당차고 확연하게 걸어갈 것이다.

웜뱃에게는 길을 묻지 않겠다
데블에게도 모르는 길을 묻지 않겠다
오리너구리에게도 절대 길을 묻지 않겠다

나는 지금 내가 원하는 길로
추호도 머뭇거리지 않고 곧장
나의 길을 걸어가고 있다

길은 가도 가도 직선, 나의 길
세찬 비와 모래바람과 해일 폭풍 쓰나미
마리아나제도 솔로몬제도 유카탄반도를 향해
곧바로 뻗은 길

나는 이제 모르는 길
갈 수 없는 길 가로막힌 길을 뚫기 위해

상어 뱀장어 불가사리 키조개 홍합 왕새우에게

길을 묻지 않겠다

—「길을 묻지 않겠다」 전문

　자신의 오롯한 '홀로됨'을 선언하고 있는 이 시편은, "웜뱃/데블/오리너구리"에게 길을 묻지 않겠다는 다짐의 연쇄로 문을 연다. 그러면서 "나는 지금 내가 원하는 길로/ 추호도 머뭇거리지 않고 곧장/ 나의 길을 걸어가고 있다"고 선언한다. 그것은 "가도 가도 직선"인 그 길은 비록 "세찬 비와 모래바람과 해일 폭풍 쓰나미"가 있더라도 "마리아나제도 솔로몬제도 유카탄반도를 향해/ 곧바로 뻗은 길"이기 때문이다. 그렇게 끝없는 길에 나선 시인은, "이제 모르는 길"이나 "갈 수 없는 길" 혹은 "가로막힌 길"을 뚫기 위하여 "상어 뱀장어 불가사리 키조개 홍합 왕새우" 같은 잡답雜沓의 존재들에게 더 이상 길을 묻지 않겠다는 것이다. 그 자발적으로 선택한 흔연한 유목성이 김재홍의 미래적 좌표가 되지 않을까 생각해 본다.

　이제 우리는 이 개성적인 유목적 주체가, 미적 퇴행을 한사코 거부하는 비애와 연민의 힘으로, 값싼 자기 위안을 거절하면서 좀 더 정직하고 투명한 비극성에 다다르려는 시적 욕망을 궁극적으로 성취해 갈 것임을 예감하게 된다. 더불어 그는 이렇게 첫 시집의 성찬盛饌을 마련한 후, '곧은 길'을 흐트러짐 없이 가면서 그 쓸쓸하고도 역동적인 '길'에서 마주친 뭇 사물들을 유니크하게 응시하고 기록할 것이다.
그리고 그 힘으로 두 번째 시집의 문턱에 당도할 것이다.